Le secret vénitien

CAITLIN CREWS

Le secret vénitien

AZUR

HARLEQUIN

Collection : Azur

Titre original :
HER VENETIAN SECRET

HARPERCOLLINS FRANCE
83-85, boulevard Vincent-Auriol, 75646 PARIS CEDEX 13
Service Clients — https://www.harlequin.fr/contenu/contactez-nous
ISBN 978-2-2805-1509-2 — ISSN 0993-4448

Édité par HarperCollins France.
Composition et mise en pages Nord Compo.
Imprimé en mars 2025 par CPI Black Print (Barcelone)
en utilisant 100% d'électricité renouvelable.
Dépôt légal : avril 2025.

FSC
www.fsc.org
MIXTE
Papier issu de sources responsables
FSC® C159065

Pour limiter l'empreinte environnementale de ses livres, HarperCollins France s'engage à n'utiliser que du papier fabriqué à partir de bois provenant de forêts gérées durablement et de manière responsable.

1

Si l'on en croyait la rumeur, personne n'avait jamais osé dire non à l'impressionnant et impitoyable Cesare Chiavari. Beatrice Mary Higginbotham, directrice d'un établissement d'enseignement très privé, s'y essaya néanmoins.

— Je suis sincèrement désolée. Je ne donne pas de cours particuliers, déclara-t-elle, le plus sèchement possible.

Elle quitterait bientôt ses fonctions à la tête de la très élitiste *Averell Academy*, pensionnat anglais où échouaient de riches héritières rétives et indisciplinées. Pour l'instant, elle assumait encore son rôle avec toute la rigueur qui convenait.

Mattea Descoteaux, l'élève de quinze ans dont il était question, s'était illustrée par un comportement éminemment frondeur au cours de l'année écoulée. Beatrice s'efforça de conserver un sourire poli tout en se préparant à une âpre discussion avec le représentant de Cesare Chiavari.

Ce dernier, toutefois, n'opposa aucun argument et se contenta de griffonner un chiffre sur un papier. Devant le refus de la cheffe d'établissement, il ajouta un zéro, puis un autre, et un autre encore. Décontenancée par le flegme de son interlocuteur, Beatrice finit par rester sans voix. Si elle acceptait, sa vie changerait à tout jamais…

— Nous sommes donc tombés d'accord ? lança le visiteur.

Fascinée par la somme astronomique qu'il lui proposait, Beatrice se raisonna. Certes, Mattea était une enfant difficile, mais pas davantage que beaucoup d'autres. Le jeu en valait la chandelle. En plus, cet emploi de préceptrice s'achèverait à la fin de l'été, sans examens à la clé. Il s'agissait seulement de surveiller l'adolescente pour l'empêcher de faire les quatre cents coups pendant que Cesare Chiavari, son demi-frère, préparait son mariage.

Derrière son bureau, Beatrice posa une main protectrice sur son ventre. Sans cette grossesse inattendue, elle n'aurait jamais démissionné. Ses maigres économies lui permettraient de s'occuper du bébé avant de retrouver un poste d'enseignante moins accaparant. Une mère célibataire ne possédait pas la moralité requise par des fonctions de directrice… Pour cela, il fallait être irréprochable.

Étant donné les circonstances, elle n'était pas vraiment libre de refuser une somme d'argent aussi considérable.

— Je devrais commencer quand ? demanda-t-elle en songeant avec émotion à la petite vie qui vibrait à l'intérieur.

Cela ne se voyait pas trop encore, mais les filles les plus délurées avaient déjà remarqué ses rondeurs.

— M. Chiavari sera heureux de vous accueillir dans deux jours dans sa propriété en Toscane, déclara le mandataire, sur un ton indifférent.

Manifestement, l'issue de l'entrevue ne faisait aucun doute pour lui, depuis le début.

— Toutes les dispositions sont prises pour votre voyage. Il suffira de vous présenter à Londres à cette adresse.

Il nota les coordonnées sur le papier, au-dessous de l'alignement de zéros.

— Vous serez attendue à 9 heures précises avec vos bagages pour l'été. D'ici là, n'hésitez pas à me joindre si vous avez des questions.

Il détacha le feuillet de son bloc-notes et le plaça sur le bureau.

— M. Chiavari se réjouit de collaborer avec vous, conclut-il.

Beatrice hocha la tête. Si elle n'avait pas eu sous les yeux la preuve matérielle de leur accord, elle aurait cru rêver…

Elle fit ses adieux étonnamment vite à l'école où s'était déroulée toute sa carrière professionnelle, d'abord comme professeure, puis cheffe d'établissement au cours des six dernières années. Le Conseil d'administration exigeant de son personnel une moralité irréprochable, elle n'avait confié à personne les véritables motifs de son départ, même aux collègues qu'elle aimait bien. On avait beau être au XXIe siècle, les mentalités des membres de cette vénérable institution restaient moyenâgeuses.

Beatrice Mary Higginbotham quitta les lieux la tête haute après avoir vidé son appartement de fonction. Par une cruelle ironie du sort, celle qu'on considérait comme un parangon de vertu avait fauté…

Elle partit pour Londres dans la soirée, avec pour seul bagage deux valises d'effets personnels. Dans sa chambre d'hôtel, tout près de Covent Garden, elle s'absorba dans ses réflexions. Comment en était-elle arrivée là ? Comment une femme dans la trentaine pouvait-elle posséder aussi peu de choses ?

Orpheline très tôt, sans parents proches ni bienfaiteurs, elle avait grandi en famille d'accueil. Personne ne l'avait jamais aidée et elle ne devait sa réussite, toute relative, qu'à son tempérament opiniâtre et déterminé. Elle n'avait commis qu'une seule et unique erreur, quatre mois auparavant...

Demain, elle ferait un peu de shopping pour s'acheter des vêtements de grossesse. Son état passerait probablement inaperçu. Les gens riches comme Cesare Chiavari ne prêtaient guère attention à leurs employés. Il suffirait d'avoir un comportement modèle pour ne pas se faire remarquer.

Elle devait se dévouer à son bébé, ce petit être qu'elle n'avait pas prévu de concevoir, mais qu'elle se promettait d'aimer inconditionnellement, malgré le bouleversement qu'il occasionnait dans son existence.

Tout avait commencé très innocemment, au cours d'un voyage scolaire. Beatrice accompagnait des lycéennes de terminale à Venise, pour les récompenser de leurs excellents résultats scolaires et de leur comportement exemplaire. Le groupe logeait dans un palais généreusement prêté par un parent d'élève reconnaissant. À la fin d'un séjour très culturel, et après un dîner gastronomique, les filles avaient joyeusement décidé de relooker leur chaperon.

Beatrice gardait toujours des distances très strictes avec les élèves. C'était la seule manière de s'imposer efficacement. Néanmoins, au cours de ces voyages, elle relâchait un peu la discipline.

Cette année s'était révélée particulièrement difficile avec Mattea Descoteaux, qui semait le désordre à la première occasion. Plus encline que d'ordinaire à se détendre, Beatrice s'était laissé faire de bonne grâce. Après avoir dénoué et frisé ses cheveux longs, les plus grandes l'avaient débarrassée des grosses lunettes qui lui mangeaient le visage, puis maquillée comme une top-modèle. Elles l'avaient même convaincue de porter une robe totalement excentrique, d'un rouge extravagant.

En se regardant dans la glace, Beatrice ne s'était pas reconnue.

— Maintenant il faut aller jusqu'au bout et sortir ! lança la plus hardie.

— Vous allez sûrement vivre une aventure extraordinaire, prédit une autre.

— Il n'en est pas question, protesta Beatrice, énergiquement.

Intérieurement, elle songea néanmoins qu'elle avait grand besoin de se délasser en prenant un verre, pour la première fois de sa vie, et dans un endroit où personne ne la connaissait.

— Osez ! reprit la première. La fortune sourit aux audacieux ! Vous nous raconterez.

Beatrice avait souri à l'étrangère qui la regardait dans le miroir.

— Pourquoi pas ?

Elle avait craqué et saisi la balle au bond. Pourquoi refuser une flânerie dans Venise par ce beau soir de printemps ? Après tout, il fallait vivre l'instant, s'abandonner au charme de cette ville somptueuse. De toute façon, elle ne risquait rien. Personne ne la connaissait. Son reflet dans la vitrine d'une boutique l'enhardit.

Se dirigeant au hasard, elle s'enfonça dans un lacis de ruelles et franchit plusieurs canaux, sur de jolis ponts de pierre moussue. Elle s'arrêta devant une *vineria, un petit bar à vins* à la terrasse décorée de lampions multicolores, l'endroit parfait pour son escapade. Le serveur l'installa à une table en coin, entre une famille bruyante et un homme seul.

Par la suite, Beatrice avait souvent repensé à cette soirée hors du commun. Elle voulait seulement boire un verre en grignotant un peu de pain et de fromage. Après, elle serait rentrée sagement, en racontant peut-être une anecdote inventée de toutes pièces pour le plus grand plaisir de ses élèves.

Tout s'était passé très différemment.

Son voisin de table s'était tourné vers elle. Leurs regards s'étaient croisés. Immédiatement, ses yeux d'un bleu incroyable l'avaient fascinée. Le monde s'était arrêté.

Encore aujourd'hui, elle avait du mal à croire à la façon dont les événements s'étaient enchaînés. Elle s'était comportée avec une insouciance, une légèreté… impardonnables.

Malgré tout, elle ne se faisait aucun reproche. Même si elle avait voulu, elle n'aurait pas pu résister. Lui non plus, d'ailleurs. Stupéfaits l'un et l'autre par l'intensité d'une décharge électrique inattendue, ils avaient éclaté de rire. En même temps.

Sans doute parce qu'elle se sentait différente avec son nouveau look, et encouragée par l'attention flatteuse de son voisin, Beatrice avait accepté un deuxième verre de vin.

La nouvelle personne qu'elle était sous son déguisement de femme fatale ne voulait rien se refuser.

Madame la directrice Higginbotham aurait eu mille et une raisons de ne pas suivre le bel inconnu dans un night-club, mais l'étrangère de cette nuit-là n'avait élevé aucune objection.

Ils avaient dansé au son d'une musique langoureuse, pressés l'un contre l'autre au milieu d'une foule compacte, sur un *ponte* romantique, au-dessus d'un canal. Puis, tandis qu'ils flânaient le long d'une rue piétonne, un violoniste les avait envoûtés de sa mélodie rêveuse.

Cette atmosphère magique avait emporté Beatrice, avec une force irrévocable. Métamorphosée, elle avait cru à sa propre beauté et avait littéralement fondu entre les bras de son séducteur quand il l'avait embrassée.

Elle l'avait accompagné sans l'ombre d'une hésitation dans l'hôtel où il résidait. En toute confiance, et avec une joie ineffable.

Depuis, elle avait beau se répéter qu'elle s'était déshonorée et couverte de honte en se vautrant avec lui dans son lit, rien n'y faisait. Elle n'arrivait pas à s'en convaincre.

Même maintenant, en sachant jusqu'où son imprudence l'avait menée, elle ne parvenait pas à avoir des regrets. C'était comme si un sortilège l'avait frappée. Elle restait sous l'emprise d'une magie mystérieuse dès qu'elle pensait à son bébé.

Enceinte d'un homme dont elle ne connaissait même pas le nom, elle était devenue indigne de ses fonctions d'éducatrice auprès des jeunes filles de bonne famille dont elle avait la charge. Elle avait failli aux valeurs morales qu'elle voulait leur inculquer...

Malgré tout, elle rêvait de Venise toutes les nuits.

À Londres, Beatrice se munit d'une garde-robe peu flatteuse, qui la faisait paraître plus ronde qu'elle n'était, mais qui lui permettrait de dissimuler son état pendant les deux mois à venir. Le lendemain matin, elle se rendit à l'adresse convenue, d'où on la conduisit en voiture à l'aéroport. Un jet privé l'y attendait pour l'emmener au légendaire domaine Chiavari, dont elle avait vu des dizaines de photos dans des magazines au papier glacé.

Elle connaissait le propriétaire de réputation. Cesare Chiavari occupait une place particulière parmi les nombreuses célébrités qui confiaient leurs rejetons récalcitrants à l'*Averell Academy*. Le blason des Chiavari s'étalait sur toutes sortes de produits de luxe, des chocolats aux articles en soie, en passant par les réalisations architecturales et les voitures de sport. Le monde entier connaissait leur marque de fabrique, et l'arrivée de Mattea à l'école, à l'automne, avait créé l'événement. La petite femme très sèche qui l'accompagnait avait débité les instructions de son employeur, lequel rendait Beatrice personnellement responsable de l'évolution de la jeune écervelée confiée à ses soins.

Depuis lors, Mattea s'était ingéniée à semer le désordre, si bien que Beatrice avait très souvent pensé à Cesare Chiavari.

Elle contempla la vue par le hublot. Les abords du domaine offraient un paysage spectaculaire. De vertes collines ondulaient sous un ciel d'azur. Des allées de fiers cyprès soulignaient le tracé des routes. On se serait cru dans une peinture de la Renaissance. Et c'était là qu'elle s'apprêtait à passer l'été…

Avec pour seule ombre au tableau la présence d'une grincheuse de quinze ans.

Beatrice ferma les paupières quand l'avion entama la descente pour l'atterrissage.

Elle se représenta un ravissant cottage en bord de mer, avec un jardin fleuri en été et une cheminée confortable pour se tenir au chaud l'hiver. Avec tous les zéros du chèque qu'elle toucherait à la fin de sa mission, cet endroit rêvé deviendrait bientôt une réalité. Elle y élèverait son enfant en toute tranquillité, loin des tracas occasionnés par des milliardaires embarrassés de rejetons rebelles. Elle apprendrait à cuisiner et à faire son pain, comme dans les vagues souvenirs qu'elle conservait de sa mère. Son bébé grandirait entouré de tout l'amour et l'affection dont elle-même avait tant manqué.

Il suffisait de survivre à quelques semaines difficiles dans un somptueux décor.

Rien d'insurmontable, se dit-elle, en rouvrant les yeux après l'atterrissage.

Elle avait dirigé avec succès l'*Averell Academy* pendant plusieurs années, et propulsé dans le grand monde nombre de jeunes filles qui faisaient le désespoir de leurs parents. Elle excellait dans son métier, où elle s'était bâti une solide réputation.

Ce n'était pas une Mattea Descoteaux qui ferait mentir sa renommée, aussi frondeuse et désobéissante soit-elle.

Beatrice descendit la passerelle d'un pas ferme et décidé,

pleine d'optimisme et *droit dans ses bottes*, comme elle avait coutume de dire. Même si l'expression ne plaisait guère aux pensionnaires, elle collait parfaitement à madame Higginbotham, directrice d'établissement.

Elle s'installa sereinement sur la banquette arrière de la limousine et chantonna un air du film musical *La Mélodie du bonheur* tout le long du trajet, sur les petites routes tortueuses à travers les vignobles. De loin en loin, on apercevait des villages ou des fermes isolées, avec leurs toits de tuiles rouges.

Beatrice se tut quand la demeure apparut au bout d'un chemin qui longeait un lac aux eaux bleu scintillant, au milieu d'une magnifique oliveraie. Il y avait de quoi être impressionnée.

La villa, immense, trônait au sommet d'une colline, tel un manoir de l'ancien temps, destiné à intimider et à écraser les visiteurs. C'était aussi une merveille architecturale.

Sans savoir pourquoi, la maison évoqua irrésistiblement l'inconnu de Venise, son amant d'une nuit, comme elle se plaisait à le nommer dans le secret de son cœur. Cette expression, si éloignée de son quotidien fastidieux, la ravissait obscurément.

Sans doute parce qu'elle lui rappelait la belle étrangère en robe rouge, avec ses longs cheveux retombant en cascades dans son dos.

La voiture s'immobilisa en bas d'un perron où l'attendaient deux femmes revêtues d'un uniforme empesé. Le chauffeur ouvrit avec empressement la portière de Beatrice, qui mit pied à terre le plus dignement possible, malgré une timidité incorrigible.

— Merci, bredouilla-t-elle. Vous auriez pu me déposer devant l'entrée de service.

— Il a obéi aux ordres de monsieur, dit la plus âgée des deux domestiques, dont le visage en lame de couteau n'augurait rien de bon.

Beatrice lui adressa un large sourire. Cet accueil rébarbatif ne lui en imposait pas.

— Peu importe, nous ne sommes plus à l'époque victorienne, répondit-elle. Je ne suis pas une aristocrate déchue qu'il conviendrait de ménager avec des égards. Je suis une simple éducatrice. Je n'ai pas besoin d'un traitement spécial.

La gouvernante se raidit et la précéda à l'intérieur. En revanche, sa compagne manifesta une sympathie immédiate envers Beatrice.

— Elle est interloquée ! lui glissa-t-elle à l'oreille. Cela fait des jours et des jours qu'elle ironise sur les faveurs qu'on réserve à la préceptrice. Elle est jalouse !

— Je suis au service de la famille Chiavari, tout comme vous, répliqua Beatrice, sans prétention. Je saurai rester à ma place pendant mon séjour.

Son métier lui avait à plusieurs reprises ouvert les portes de ces grandes maisons régies par des traditions séculaires. De riches donateurs l'invitaient parfois à des dîners guindés ou des galas de bienfaisance où l'argent coulait à flots. Elle ne put réprimer un mouvement d'embarras quand un majordome empoigna ses deux valises pour l'escorter dans un escalier monumental, à la suite de la gouvernante revêche.

La demeure était une vraie splendeur, qui pouvait rivaliser avec les plus beaux *palazzos* de Venise. Les lustres de cristal étincelaient comme des diamants au plafond d'un vaste hall central.

On se serait cru dans un théâtre.

Ils longèrent un couloir qui débouchait sur une immense bibliothèque, avec de hautes fenêtres surplombant des terrasses en gradins, devant un paysage vallonné, d'une beauté à couper le souffle. Des portes entrouvertes laissaient deviner des salons magnifiques, meublés avec un goût exquis et remplis d'antiquités et d'objets d'art.

Quand ils parvinrent enfin à destination, dans la suite somptueuse qu'on lui destinait, Beatrice secoua la tête.

— Ces appartements ne sont-ils pas réservés aux hôtes de marque ? lança-t-elle en jetant un regard circulaire.

Des fresques raffinées ornaient les murs. Du balcon, on apercevait la piscine et une ravissante pergola couverte de fleurs.

— Vous êtes l'hôte de la famille Chiavari, observa la gouvernante d'une voix neutre.

— Je suis très honorée par cet accueil princier, répondit la préceptrice en toute modestie. Néanmoins, je préférerais loger avec les autres employés. Il n'y a aucune raison de me distinguer. Vous serez certainement d'accord avec moi.

À un signe presque imperceptible, elle sentit qu'elle avait réussi son examen d'entrée pour se faire accepter. Certes, il aurait été agréable de vivre dans le luxe, au-dessus de sa condition, pendant deux mois, mais il valait mieux gagner la confiance des domestiques et entretenir de bonnes relations avec eux.

— Je suis naturellement très sensible à la sollicitude de M. Chiavari, ajouta-t-elle. Mais ces appartements sont sans doute situés dans l'aile où résident les membres de la famille. Je ne m'y sentirais pas très à ma place.

La gouvernante s'arrêta un instant et échangea un regard entendu avec ses collègues.

— En effet. La chambre de Mattea se trouve juste à côté.

Beatrice inclina la tête.

— Je comprends. Néanmoins, je ne serais pas très à l'aise ici.

À l'évidence, son attitude pleine de discrétion lui acquit l'estime de la gouvernante, qui lui en aurait voulu de se croire supérieure à cause de son statut. Elle était là pour travailler, au même titre que les autres, et avait bien fait de clarifier la situation dès le départ.

Beatrice poussa un soupir de soulagement en prenant possession d'une chambre mansardée, sous les combles, qui ne manquait pas de charme même dépourvue d'un salon de lecture et d'une cheminée. Elle y serait très bien.

— Bonne installation, lui dit la gouvernante. M. Chiavari vous donne rendez-vous à midi dans le hall pour faire connaissance. Souhaitez-vous porter un uniforme comme nous ?

— Non, je ne crois pas, merci. Je ne tiens pas spécialement à me distinguer des autres employés, mais j'ai besoin de toute mon autorité vis-à-vis de mon élève. Je ne veux surtout pas lui donner l'impression d'être à son service. C'est elle qui devra m'obéir, comme à l'école.

— Très bien. À propos, je suis Mme Morse. N'hésitez pas à me poser des questions si nécessaire.

Sur ces mots, la gouvernante tourna les talons et quitta la pièce.

— Vous lui avez fait bonne impression, déclara la jeune fille, d'une voix admirative. Elle est anglaise et se croit très supérieure... Moi, c'est Amelia. Mme Morse m'a chargée de vous montrer la maison et de tout vous expliquer.

« Je vous conduirai dans le hall tout à l'heure. J'ai grandi ici mais il m'arrive encore de me perdre tellement c'est grand ! Il ne faut jamais faire attendre M. Chiavari...

Curieuse de découvrir la personnalité du maître des lieux, Beatrice se dépêcha de faire un brin de toilette. Elle trouvait toujours intéressant de comprendre d'où venaient les pensionnaires d'*Averell Academy* et comment elles avaient été élevées. En fait, elle imaginait parfaitement Cesare Chiavari. Combien de parents furieux n'avait-elle pas reçus dans son bureau... issus des classes sociales les plus fortunées et privilégiées, dans tous les pays du monde. La seule différence, c'est qu'elle résidait chez lui, dans sa demeure ancestrale.

Elle lissa soigneusement ses cheveux, qu'elle noua en un chignon sévère qui lui était coutumier. Plus elle ressemblait au stéréotype intransigeant de sa fonction, plus on la respectait. Elle avait opté très tôt pour des lunettes à grosse monture et à verres fumés, dont elle n'avait nul besoin mais qui dissimulaient ses traits en l'enlaidissant. Elle s'habillait avec des vêtements informes et de couleur terne qui masquaient sa silhouette. À Venise, ses élèves avaient poussé des cris de joie quand elles l'avaient métamorphosée en femme fatale. La transformation les avait stupéfiées.

Pour un peu, Beatrice aurait accepté de revêtir l'uniforme proposé par Mme Morse. Elle aurait paru encore plus insignifiante aux yeux de son employeur. Dans son état, cela représentait un énorme avantage. Personne ne remarquerait son gros ventre.

Elle devait se fondre dans le décor, tout en conservant la fermeté et l'autorité nécessaires à son emploi. Ce ne serait pas facile. Heureusement, il s'agissait seulement de quelques semaines.

Elle acheva de se préparer en un temps record et retrouva Amelia qui l'attendait dans le couloir comme promis. Très bavarde, la jeune fille s'exprimait dans un mélange d'anglais et d'italien parfois difficile à comprendre. Mais elle était fort sympathique.

Ces vieilles demeures ancestrales ressemblent à de véritables musées, songea Beatrice en observant les tableaux accrochés dans la cage du majestueux escalier. La lumière du jour tombait du haut d'un grand dôme en verre, très loin au-dessus de leurs têtes. D'innombrables portraits de famille révélaient la longue lignée des Chiavari, dont le nom illustre remontait jusqu'au Moyen Âge.

Quelle différence d'atmosphère avec les photos de classes qui décoraient les murs de l'*Averell Academy* ! Un peu intimidée, Beatrice descendit à pas mesurés les marches qui la menaient au rez-de-chaussée.

Il était là.

Tout d'un coup, tout s'arrêta.

Ce fut comme dans la petite *vineria* de Venise.

Elle eut subitement l'impression d'être seule au monde avec lui. Son regard d'un bleu intense la fascinait. Son visage, d'une beauté extraordinaire, la captivait littéralement.

Malgré son tumulte intérieur, elle continua d'avancer,

comme un automate. Les yeux écarquillés, elle reconnut avec un frisson le trouble qui la saisit et s'insinua dans ses veines, son ventre, sa poitrine... Partout.

Elle ne comprenait rien à ce qui se passait, mais une petite musique s'éleva dans son cœur.

Au douzième coup de midi, elle s'immobilisa sur le sol dallé de marbre.

Elle ouvrit la bouche pour parler, mais aucun son n'en sortit. Son hôte la considérait avec une expression perplexe.

Mais pas du tout avec l'intensité qui l'avait bouleversée en cette belle nuit vénitienne.

Tout ceci n'avait aucun sens. Elle délirait complètement...

— Bienvenue, Miss Higginbotham, dit Cesare Chiavari de cette même voix dont elle rêvait encore plusieurs mois après.

Ses accents résonnaient toujours à son oreille. Tout son être en frémissait, au plus profond. Elle en avait la chair de poule.

— Je suis heureux que nous soyons parvenus à un accord. Comme vous ne l'ignorez pas, ma sœur est une enfant terrible. Tout ce que je vous demande, c'est de l'empêcher de faire trop de bêtises pendant que je m'occupe de mon mariage.

La tête de Beatrice lui tourna. Elle ne comprenait strictement rien à la situation. Était-elle en train de devenir folle ? Ou alors, elle refusait de comprendre...

Tout à coup, la lumière se fit dans son esprit. Le brouillard se dissipa et elle se figea d'effroi.

C'était plus qu'elle ne pouvait supporter. Elle allait s'évanouir.

L'homme qui se tenait là était Cesare Chiavari, son nouvel employeur. Il n'y avait aucun doute là-dessus. En même temps, il ne faisait qu'une seule et même personne avec le bel inconnu de Venise, l'unique amant qu'elle ait jamais eu, le père de l'enfant qu'elle portait.

À en juger par son expression un brin arrogante, polie mais teintée d'impatience, il ne la reconnaissait absolument pas.

2

Cesare n'avait jamais rencontré la légendaire directrice de l'*Averell Academy*, mais sa réputation – et celle de l'école – la précédait. Après quatre exclusions d'établissements scolaires en un an, Mattea avait été admise dans ce pensionnat en désespoir de cause.

« Cet endroit est une vraie prison ! » avait-elle protesté.

« Méfie-toi ! l'avait avertie Cesare. Tu pourrais bien te retrouver dans un centre de redressement si tu continues sur cette mauvaise pente. »

Mattea ayant victorieusement terminé l'année là-bas sans encombre, Cesare n'avait pas eu besoin de s'entretenir avec la directrice. Il avait dépêché son homme de confiance et se contenterait de la rémunérer grassement pour ses services.

Elle avait la tête et le physique de l'emploi. Pas un cheveu ne dépassait de son chignon serré sur la nuque, qui devait lui tirer horriblement la peau du crâne. Elle portait de grosses lunettes qui lui mangeaient la moitié du visage. On ne voyait même pas la couleur de ses yeux. Malgré tout, on devinait une peau souple et lisse, et son allure générale paraissait presque juvénile.

Après les descriptions de Mattea, il s'attendait à une sorcière toute ridée, avec le menton en galoche et une verrue sur le nez.

Cette femme était infiniment plus jeune qu'il n'avait imaginé. Quoi qu'il en soit, c'était sans importance. Évidemment.

Plutôt rondelette et habillée de couleur sombre, elle ressemblait à une chouette, se dit-il en mettant un terme à son observation.

Elle aussi l'examinait avec attention, avec une mine sévère, sans indulgence.

En temps normal, cette attitude aurait profondément déplu à Cesare, mais dans les circonstances présentes, il se félicitait de ce mélange de sérieux et de gravité. Cela augurait bien de la suite pour Mattea. Il avait vraiment besoin que quelqu'un la tienne à l'œil pendant qu'il vaquait à ses affaires personnelles. Car le moment était venu pour lui de songer à assurer sa descendance.

— Où est votre sœur ? demanda Miss Higginbotham.

Sa voix provoqua en lui une réaction curieuse, tout à fait indéfinissable. Était-ce le timbre très agréable ? Ou le ton abrupt ? Généralement, on s'adressait à lui avec respect et déférence. À la villa, tout le monde le traitait avec beaucoup d'égards. On le mettait souvent sur un piédestal, sauf naturellement sa jeune sœur de quinze ans dont il subissait quotidiennement les impertinences.

— J'imagine qu'elle dort encore, répondit-il en s'efforçant de garder un ton neutre.

D'ordinaire, il ne prenait pas la peine de rencontrer les nouveaux employés et en laissait le soin à Mme Morse, entrée en fonction lorsque la précédente gouvernante avait démissionné à cause des frasques incessantes de Mattea.

La préceptrice lui jeta un regard froid.

— Avez-vous des instructions sur la manière dont elle devrait occuper ses journées ?

— Dois-je vous soumettre des propositions ? rétorqua-t-il un peu sèchement.

— Absolument pas. Je me garde d'ailleurs de tout jugement. Généralement tout le monde s'en porte mieux, moi la première.

Inexplicablement, Cesare Chiavari ne se sentait pas très à l'aise en présence de cette femme. Il était pourtant chez lui.

Il se força à réagir, tandis que Miss Higginbotham continuait à le scruter, comme si elle lisait en lui et devinait sa contrariété. C'était fort déplaisant.

— Le père de ma sœur ne s'occupe absolument pas de son éducation et sa mère était connue pour prendre toujours les mauvaises décisions, l'informa-t-il.

— Cette mère était aussi *la vôtre*, n'est-ce pas ?

Il se contraint à esquisser un sourire pour masquer sa confusion. Il avait l'impression désagréable de passer un examen et d'avoir commis une faute grossière en n'assumant pas sa filiation.

Un muscle tressauta sur sa joue.

— Mattea a appris à communiquer en suivant le très mauvais exemple qu'elle avait sous les yeux, c'est-à-dire en faisant des caprices et des crises de colère. Je me demande parfois si ce n'est pas… héréditaire.

En d'autres mots, *elle est exactement comme sa mère*. Mais

il l'avait formulé différemment pour ne pas choquer son interlocutrice.

— Je connais parfaitement le mode de communication de Mattea, M. Chiavari, déclara Beatrice sèchement.

Elle exsudait une hostilité bizarre. Faisait-elle partie de ceux qui se sentaient personnellement offensés par son immense fortune personnelle ? Cesare comprenait d'ailleurs la rancœur qu'on pouvait éprouver en face de nantis et de privilégiés comme lui.

Malgré tout, cette directrice d'établissement huppé gagnait sa vie grâce à des gens comme lui. Sa réaction n'était pas très logique.

Quoi qu'il en soit, il ne fallait rien y voir de personnel.

— Je n'ai pas envie de psychanalyser ma sœur et je n'ai aucune compétence dans ce domaine, reprit-il très calmement. Comme elle a très mal réagi à mes projets matrimoniaux, j'imagine que son comportement va malheureusement empirer.

Miss Higginbotham le toisa d'un air glacial.

— Tous les changements sont difficiles à accepter, surtout pour une adolescente solitaire.

Il haussa légèrement les épaules.

— Elle connaît beaucoup de jeunes de son âge. Si je la laissais faire, le domaine serait perpétuellement envahi par des hordes de fêtards qui danseraient à longueur de nuit.

La préceptrice ne se radoucit pas.

— On peut être très entouré et très malheureux en même temps, monsieur Chiavari. Très seul intérieurement.

Cesare fronça les sourcils. Ces propos l'irritaient inconsidérément.

Une fois encore, il se ressaisit.

— Allons la réveiller, lança-t-il comme un défi.

Elle le regardait bizarrement.

Comme si elle pouvait le percer à jour et découvrir des choses qu'il ignorait lui-même.

Sans savoir pourquoi, il craignait sa perspicacité.

Tout autre que Cesare aurait pris ombrage de son attitude un peu trop hautaine.

Mais pas lui. Il était juste agacé et ne chercha pas à en apprendre davantage.

Inclinant la tête, il lui fit signe de le précéder dans l'escalier.

Elle monta les marches, le dos très raide, mais d'une démarche étonnamment souple.

Les impressions contradictoires qu'il ressentait déroutaient Cesare. Cette femme le décontenançait. Il était avant tout un homme d'ordre, aux idées claires, et détestait le trouble et le chaos. C'est pourquoi il se sentait tellement déstabilisé par l'hystérie et les crises de sa mère et de sa sœur.

Contrairement à elles, Beatrice Higginbotham ne paraissait ni fantasque ni déraisonnable. Elle avait même quelque chose de très déterminé, avec l'air de savoir parfaitement où elle allait.

Sa personnalité autoritaire s'expliquait peut-être en partie par sa profession et par sa formation. En tout cas, elle en imposait... Envoyé en pension à l'âge de huit ans en Angleterre, Cesare avait quasiment été élevé par ses professeurs. Il avait vécu son enfance loin de sa famille, dans le brouillard et la pluie, sous un climat qu'il détestait.

Toutes ces années avaient contribué à former son tempérament froid et distant.

Cesare n'avait pas eu que de bons professeurs. Malgré tout, il préférait ses enseignants, quels qu'ils soient, à son père vieillissant et à sa mère frivole et volage. Il aimait l'esprit d'indépendance qu'il s'était forgé lors de cette époque et en retirait un certain orgueil.

Il ne se connaissait pas de faiblesses, seulement une grande force de caractère.

Il regrettait de ne pas avoir inculqué la même éducation à sa sœur.

Contrairement à Mattea, Cesare ne s'était jamais révolté contre les attentes dues à son rang et à sa naissance dans un milieu aristocratique. Il n'en avait pas profité non plus. D'ailleurs, il n'avait jamais eu le temps de s'amuser.

Sa mère avait impatiemment attendu qu'il atteigne sa majorité pour se remarier. Non par délicatesse, mais pour respecter une clause de son contrat de mariage avec Vittorio Chiavari.

Elle n'avait pas été plus heureuse avec le père de Mattea, mais était restée avec lui par peur d'un nouvel échec. Elle avait préféré faire semblant et projeter une image de sérénité tranquille aux yeux du monde.

Cesare avait pris ses distances avec elle. Il ne comprenait pas qu'elle s'entête à plaire à un homme qu'il avait jugé d'emblée comme inférieur.

En tout cas, il se félicitait d'avoir hérité seul de l'immense et glorieux patrimoine des Chiavari.

Cesare avait pris les rênes de l'empire familial dès ses dix-huit ans, quelques années après la mort de son père.

Finalement, le sentiment d'avoir été abandonné très jeune par ses parents lui avait facilité les choses. Il ne comptait sur personne d'autre que lui-même. Il aurait aimé aller à l'université, mais avait dû renoncer à ce rêve irréaliste car sa mère ne l'avait pas soutenu dans ses intentions. Ce n'était pas la première fois ni la dernière, qu'il sacrifiait des projets personnels à l'héritage familial.

Au fond de lui, il se flattait d'avoir atteint sa position élevée par ses qualités propres, avec honnêteté et dans sa prime jeunesse.

Il enviait parfois l'innocence et l'insouciance de Mattea, qui ne se rendait pas compte de sa chance. Lui ne s'était jamais permis la moindre fantaisie ni comporté en enfant gâté. Il se serait porté tort à lui-même. Les vautours qui surveillaient son ascension se seraient jetés sur lui pour le dépouiller.

Il se serait ridiculisé.

Cesare s'était juré que cela n'arriverait pas.

Il avait réussi son pari.

Livré à lui-même, par manque de soutien de son père puis de sa mère, il n'avait jamais compté sur les autres, et connu aucune défaillance. Il ne s'était pas écarté du chemin qu'il s'était tracé et n'avait jamais douté du succès. Il croyait en lui et en sa bonne étoile.

Cesare Chiavari avait l'habitude de commander et de dominer.

Il ne lui restait plus qu'à accomplir une dernière chose pour réaliser pleinement sa destinée. Jusque-là, le temps lui avait manqué pour y penser, mais la perspective devenait de plus en plus inéluctable. En plus de l'héritage paternel, il avait amassé une fortune personnelle pour ne rien devoir à personne. Maintenant que ses objectifs étaient atteints, il n'avait plus aucune excuse et ne pouvait pas reculer indéfiniment.

Ses efforts et sa constance avaient porté leurs fruits. Les rivaux qui ambitionnaient de le détrôner avaient cessé de guetter ses erreurs. Il n'en commettait jamais et demeurait inattaquable.

Oui, le moment était venu.

Il ne se soustrairait pas au sort qui lui échoyait, à lui comme à tous les héritiers des Chiavari. Il choisirait une épouse docile, consciente de ses devoirs. Si nécessaire, il la guiderait pour qu'elle remplisse son rôle avec le sérieux et le dévouement qui avaient manqué à sa mère. Ensemble, ils élèveraient une nouvelle génération de Chiavari.

Il se serait alors acquitté de tous ses devoirs.

Il se sentait parfois moins investi dans ce projet qu'avant son voyage à Venise, mais... la motivation reviendrait certainement très vite.

D'ailleurs, il s'étonnait de penser à cela en ce moment. La situation ne s'y prêtait pas du tout.

Arrivé en haut des marches, il passa devant la préceptrice rébarbative pour la conduire aux appartements qu'occupait Mattea, le plus loin possible des siens.

Une fois marié, il obéirait à la tradition et s'installerait avec sa femme à l'étage supérieur. La suite maritale comportait des chambres séparées, à l'ancienne mode, si bien que chacun des époux, s'ils le souhaitaient, pourrait retrouver son intimité après la naissance des enfants.

La chambre de la maîtresse de maison était commodément

située au-dessus de la nursery, desservie par un escalier privé. La mère de Cesare ne l'avait jamais utilisé, ni lui non plus d'ailleurs.

Ils n'avaient jamais été proches. Cesare ne se souvenait pas d'avoir jamais partagé des moments de tendresse ou de réconfort dans son enfance. Plus tard, sa mère avait carrément été un fardeau. Il n'y pensait pas et ne s'apitoyait pas sur son sort. Il n'essayait pas non plus d'imaginer quelle vie il aurait eue si on l'avait aimé davantage. Cela ne servait à rien. On ne refaisait pas le passé.

Il n'abordait pas ce genre de sujets avec sa sœur.

— Pour quand est prévu le mariage ? demanda Beatrice Higginbotham en lui emboîtant le pas.

Ils traversèrent un salon qui avait certainement abrité de joyeuses soirées familiales, à une époque que Cesare n'avait malheureusement pas connue.

— Probablement au mois d'août, répondit-il évasivement.

Il observait malgré lui la jeune femme. Pourquoi avait-il l'impression qu'elle aurait dû être un peu plus grande ? Parce qu'elle était trop ronde, peut-être ? De toute façon, c'était sans importance.

— C'est sans doute difficile de fixer une date, suggéra-t-elle sur un ton faussement compatissant.

— Ce n'est pas la question, expliqua-t-il. Je n'ai pas encore fait ma demande.

— Je vois.

Il lui jeta un regard à la dérobée.

— Je me suis encore attiré votre réprobation, Miss Higginbotham, remarqua-t-il.

— Pas du tout, monsieur Chiavari.

Une certaine ironie perçait dans sa voix. Mais trop légèrement pour lui en faire le reproche. Il ne voulait pas donner prise à la critique ou à l'émotion.

— Je croyais que tout était réglé, reprit-elle.

Il lui lança un regard étonné.

— Eh bien non ! Mais je suis sûr de moi. Ma demande sera reçue favorablement.

— Vous avez déjà choisi l'heureuse élue ? Ou êtes-vous en pleine procédure de sélection ?

Malgré une apparence très lisse, indéchiffrable, il ne put s'empêcher de voir une pointe de moquerie dans sa question.

Mais il se trompait peut-être. Personne n'osait jamais se comporter ainsi avec lui.

— J'apprécie l'intérêt que vous portez à ma vie privée, railla-t-il.

Beatrice Higginbotham ignora le sarcasme et il poursuivit sur le même ton de politesse glacée.

— Ne vous inquiétez pas pour moi, je serai marié avant le début de l'automne. Bornez-vous à garder ma sœur hors d'état de nuire en la distrayant ou en l'occupant à votre guise. Au besoin, enfermez-la, peu m'importent les moyens utilisés. Mais je ne souffrirai aucune perturbation, ni avant, ni pendant, ni après. Elle est capable de lancer une bombe pour le plaisir de tout gâcher.

Aux vacances de l'été précédent, alors qu'elle n'avait que quatorze ans, Mattea avait percuté une célèbre fontaine, à Rome, au volant d'une Ferrari volée. Comme si cela ne suffisait pas, elle avait tenté de prendre la fuite, dans un accoutrement qu'il qualifiait par euphémisme de tenue de yoga et qui mettait en valeur sa très jolie silhouette.

Mattea possédait un physique remarquable. Après la publication des photos dans les journaux, son frère avait été contraint de décliner plusieurs propositions d'agences de mannequinats.

— Une bombe me paraît tout de même un danger très exagéré, commenta la préceptrice en riant. Ne noircissez pas le tableau. Restons optimistes.

Cesare s'arrêta au beau milieu d'un couloir, en indiquant d'un geste éloquent une porte fermée, tout au bout. Un martèlement sourd s'en échappait, alternant avec les hurlements stridents d'une musique au rythme endiablé.

— C'est ainsi que Mattea passe le plus clair de ses journées et de ses nuits.

— Le bruit est très fort, convint la préceptrice avec une moue désapprobatrice, comme s'il en était responsable.

Quelle audace !

Cesare s'exhorta au calme.

— À ma connaissance, ma sœur n'écoute de la musique qu'à la maison, et de façon à énerver le plus de monde possible.

Miss Higginbotham s'absorba un instant dans ses réflexions. Mais peut-être contemplait-elle seulement les moulures du plafond.

— Elle sort ? Elle fait du sport ?

— Depuis qu'elle est rentrée d'Angleterre, elle a déjà tenté de fuguer cinq fois, à destination de grandes villes européennes. Avec ou sans le concours de jeunes soupirants qui tentent de s'introduire nuitamment dans ma propriété.

« Elle a volé, sans l'aide de quiconque, dans l'ordre, la camionnette d'un viticulteur, le vélo du facteur, un véhicule de livraison et le 4×4 de mon garde-chasse. Elle n'essaie jamais de partir à pied, naturellement. Ce serait bien trop fatigant. À chaque fois, on a pu l'arrêter avant qu'elle ne sorte du domaine.

« Cela s'est produit en l'espace de quelques jours à peine !

Contrairement à lui, scandalisée, la préceptrice ne manifesta aucune réaction.

— Votre propriété couvre une superficie immense, remarqua-t-elle. À pied, on pourrait marcher des heures et des heures d'affilée sans rencontrer âme qui vive.

— Certes. Ma sœur n'avait guère de chances de s'en échapper sans qu'on la rattrape... Elle cherche juste à attirer l'attention, je présume.

— Elle y réussit ?

Cesare dévisagea d'un air perplexe sa nouvelle employée, qui se permettait, à peine arrivée, de lui parler sur un ton détestable. Il la payait suffisamment cher pour qu'elle reste à sa place. Il était grand temps de la rappeler à l'ordre.

— C'est vous qui en êtes responsable, désormais, Miss Higginbotham, déclara-t-il sèchement. Vous avez pour tâche de détourner son attention de ma personne et de ma future femme. C'est le but de votre présence ici. Suis-je assez clair ?

— Tout à fait.

Il n'y avait pas la moindre trace d'impolitesse dans sa réponse.

Alors, pourquoi fit-elle l'effet d'un camouflet à Cesare ?

Il la planta là sans rien ajouter et la laissa se débrouiller seule avec Mattea.

Il avait la sensation de s'enfuir un peu lâchement. Cette subalterne trop affirmée l'impressionnait malgré lui. Il préférait les femmes douces et soumises. Et jolies ! Pourquoi se cachait-elle derrière ces grosses lunettes ? On ne voyait même pas son visage !

Maintenant qu'il avait décidé de se marier, il avait tiré un trait sur ses exploits de séducteur. Sa vie dissolue était derrière lui. Il n'avait pas rappelé ses anciennes maîtresses depuis plusieurs mois, et se concentrait sur le choix d'une épouse sans trop se préoccuper d'assouvir sa libido.

Autrefois, la fidélité n'était pas une obligation dans une union de convenance comme celle qu'il envisageait. Néanmoins, les mœurs évoluaient. L'époque avait changé. Cesare était prêt à rester célibataire tout l'été et à s'abstenir de relations sexuelles extraconjugales, au moins le temps de fonder une famille.

Par la suite, il en discuterait avec sa femme et trouverait peut-être un arrangement qui lui conviendrait mieux.

Même s'il s'accordait des libertés, il ne mêlerait jamais les émotions à ses aventures.

Il s'arrêta brusquement en secouant la tête, déconcerté par le cours de ses réflexions. Que lui arrivait-il ? L'insolence de Beatrice Higginbotham le mettait dans un drôle d'état. Cesare Chiavari n'allait tout de même pas se laisser déstabiliser par une préceptrice ridicule et imbue de sa personne.

C'était absurde.

Il chassa cette petite chouette de son esprit et pensa

plutôt à Marielle, l'héritière très douce et comme il faut qui serait l'épouse parfaite. Il avait longuement hésité avant de fixer son choix.

La mère de ses enfants devait être pure et sans tache. Elle exhalerait la vertu et la rectitude morale, non par respect des traditions, mais parce que la mère de Cesare en avait été totalement dépourvue. Charmé par la beauté et les talents de la célèbre actrice, Vittorio en avait oublié l'essentiel et l'avait amèrement regretté, mais trop tard.

Il ne lui avait jamais fait confiance. Absolument jamais.

Après le mariage, Vittorio l'avait surveillée avec une jalousie obsessionnelle. Il était persuadé que tous les hommes qu'elle voyait étaient ses amants.

Au bout du compte, excédée par ses soupçons, elle avait fini par commettre sans vergogne les infidélités dont il l'accusait injustement.

Il avait mérité son sort…

Cesare ne reproduirait pas les erreurs de son père. Il choisirait une femme agréable, mais qui n'enflammerait pas ses sens.

Il avait toujours évité les sentiments et les débordements d'émotions. Après avoir été témoin des souffrances de son père, il ne serait pas la victime d'une passion incontrôlable.

Il n'avait pas pour autant l'esprit étroit. Si un jour son épouse et lui décidaient d'avoir d'autres partenaires, ce serait d'un commun accord, en adultes raisonnables et sans jalousie. Ils le feraient en toute discrétion, par égard pour leurs enfants qui n'avaient pas besoin d'être au courant des incartades de leurs parents.

Un mariage dynastique était nécessairement contractuel.

Les sentiments n'y tenaient aucune place. Pour Cesare, il ne serait jamais question d'amour. L'union qu'il envisageait reposerait sur l'estime et le respect.

Il ne se laisserait jamais troubler ou perturber par les bizarreries du comportement féminin. Cela ne l'intéressait pas.

Il passait déjà assez de temps à se faire du souci pour sa sœur. Mattea, à quinze ans, traversait une crise d'adolescence particulièrement éprouvante. Il allait s'atteler à régler ces problèmes au plus vite pour ne plus être importuné. Il voulait sa tranquillité avant tout.

Il souhaitait vivre dans la paix et la prospérité, objectif qu'il poursuivait, non sans orgueil, depuis ses dix-huit ans. Il avait fort bien réussi jusqu'à présent.

Pourquoi n'aurait-il pas continué sur sa lancée ? Ce n'était certainement pas cette Miss Higginbotham exaspérante qui l'en empêcherait.

Elle n'avait qu'à faire son travail et tout irait bien.

3

Beatrice s'attarda un certain temps devant la chambre de Mattea. Trop longtemps. Par chance, il n'y avait personne dans le couloir pour voir combien elle était désorientée. En temps normal, elle était inébranlable. Rien ni personne n'entamait son self-control.

Mais, l'étrangeté de la situation la dépassait complètement.

Figée sur place, incapable de bouger, elle s'efforçait de calmer sa respiration désordonnée. Les hurlements assourdissants de la musique contre ses tempes couvraient à peine les battements de son cœur.

Elle se demandait encore comment elle avait pu surmonter l'épreuve qu'elle venait de subir. La conversation lui avait paru interminable. Néanmoins, elle n'avait pas flanché et avait réussi à parler à cet homme comme si de rien n'était. Comme s'ils ne s'étaient jamais rencontrés.

Au début, elle avait douté. À quoi jouait Cesare Chiavari ? Avait-il fait des recherches après leur rencontre à Venise ? Lui avait-il tendu un piège pour l'attirer chez lui ? À cette idée, un fol espoir l'avait envahie.

Comment pouvait-il ne pas la reconnaître ? Cela semblait

tellement invraisemblable ! Était-elle à ce point méconnaissable ? Ce n'était pas comme si elle était déguisée. Puis, elle s'était rendue à l'évidence. La femme d'aujourd'hui et celle de Venise n'avaient rien en commun. S'il n'avait rien manigancé, il ne s'attendait évidemment pas à revoir sa conquête d'une nuit. D'ailleurs, il l'avait peut-être complètement oubliée. De toute façon, elle avait tellement l'habitude de composer son personnage de maîtresse d'école que les gens ne voyaient pas au-delà de l'apparence.

Elle dissimulait depuis longtemps sa féminité derrière cette façade.

Malgré tout, certains détails auraient dû attirer son attention et réveiller des souvenirs. Ses grosses lunettes remplissaient bien leur office en cachant la couleur de ses yeux, mais comment n'avait-il pas identifié sa voix ? Elle était choquée de passer aussi inaperçue après ce qu'ils avaient vécu.

Beatrice aurait, elle, reconnu entre mille le bel inconnu qui avait changé à tout jamais le cours de son existence en lui faisant découvrir la passion.

Malheureusement, il réapparaissait sous un aspect totalement différent. Tellement glacial ! Inabordable.

Malgré ses efforts pour se secouer et reprendre courage, Beatrice Higginbotham restait là sans bouger, abasourdie. Pour la première fois de sa vie, elle avait envie de s'enfuir en courant.

Loin de cette demeure luxueuse et de son propriétaire. Car il risquait à tout de moment de la démasquer. Si cela se produisait, il lui reprocherait furieusement de ne pas s'être présentée. S'il apprenait, en plus, qu'elle était enceinte, le scandale aurait des conséquences terribles.

N'importe qui de sensé prendrait ses jambes à son cou, songea-t-elle. *Le plus vite et le plus loin possible.*

Elle n'en fit rien.

Ce n'était pourtant pas l'envie qui lui manquait de retourner à l'étage des domestiques pour récupérer ses valises et demander à Mme Morse de la faire accompagner à la gare la plus proche.

Il n'y avait rien de plus simple, mais elle n'esquissa pas le moindre geste dans cette direction.

Beatrice Mary Higginbotham ne battait pas en retraite devant les problèmes. Elle les résolvait.

Elle redressa les épaules et prit une longue inspiration, appliquant pour elle-même les conseils qu'elle dispensait à ses pensionnaires pour maîtriser des émotions trop vives.

Elle ne céderait pas au découragement qui menaçait de la submerger. Si elle s'était écoutée, elle se serait effondrée, roulée en boule par terre et aurait éclaté en larmes.

Il fallait se raisonner. Mieux valait affronter lucidement la situation.

Les rêves romantiques qu'elle avait conçus autour du père de son enfant s'écroulaient brusquement. Elle avait vaguement nourri le projet de retourner à Venise après la naissance pour faire des recherches. À présent, il n'en était plus question. Elle était complètement désenchantée. Non seulement celui qui l'avait séduite ne lui prêtait aucune attention, mais il se préparait à en épouser une autre.

Leur entrevue lui avait remis les idées en place. Désormais, elle devrait se concentrer sur sa difficile tâche d'éducatrice et mettre un terme définitif à ses rêves déraisonnables. Elle s'attacherait à masquer sa grossesse pendant la durée de son séjour, en espérant que son état émotionnel n'empiète pas sur sa fermeté.

Quoi qu'il en soit, tout serait terminé d'ici la fin de l'été. Il suffisait de tenir bon quelques mois. Ne devait-elle pas à son bébé de lui offrir la sécurité financière que lui promettait cet emploi ? Par une curieuse ironie du sort, cet argent provenait du géniteur lui-même, mais qui ne saurait jamais rien de la réalité.

Ce n'était certes pas idéal. Malgré tout, beaucoup de femmes dans l'embarras auraient envié sa situation.

Armée de cette certitude, la première depuis son arrivée, Beatrice frappa vigoureusement à la porte. En l'absence de réponse, elle cogna plus fort, attendit encore, puis ouvrit.

Si elle avait réfléchi un peu, elle se serait doutée que la chambre de Mattea ne ressemblait ni de près ni de loin à celle qu'elle occupait à l'*Averell Academy*. Les logements des pensionnaires avaient beau être infiniment plus confortables que les dortoirs où Beatrice avait dormi autrefois, cela n'empêchait d'ailleurs pas les élèves trop gâtées de se plaindre.

À voir les appartements somptueux de Mattea, la modeste préceptrice comprenait mieux certaines de ses réactions. Elle dut se frayer un chemin dans une suite de boudoirs, salons et bibliothèques, sans compter un bureau multimédia et un sauna finlandais avec une petite piscine intérieure. Mattea Descoteaux trônait tout au bout de son domaine très privé, dans une luxueuse chambre à coucher avec un imposant lit à baldaquin.

Affalée au milieu de ses draps en soie tout froissés, absorbée dans la contemplation de son portable, elle ne remarqua même pas l'entrée de Beatrice.

Après un rapide coup d'œil circulaire, cette dernière repéra rapidement les enceintes responsables du niveau sonore insoutenable, imprudemment perchées au bord d'une coiffeuse. Manifestement, l'adolescente fortunée se souciait fort peu du prix de ces appareils. Beatrice, qui n'avait jamais joui de tels privilèges, condamnait vigoureusement pareille désinvolture.

Elle ne pouvait cependant pas reprocher son insouciance à Mattea. Elle ne souhaitait à personne de vivre une enfance comme la sienne, même si elle avait eu la chance de tomber dans des familles d'accueil plutôt bienveillantes.

Elle n'avait jamais manqué de rien, cependant elle ne pouvait s'empêcher de calculer machinalement le coût du matériel haut de gamme. Elle aurait vite le vertige dans cette maison si, elle ne se débarrassait pas immédiatement de ce réflexe… Les normes habituelles n'avaient plus cours dans ce nouvel univers.

D'un pas décidé, elle se dirigea vers les haut-parleurs et coupa le son.

La réaction de Mattea ne se fit pas attendre. Elle se redressa avec un grognement, prête à riposter avec colère, puis s'immobilisa à la vue de Beatrice.

Pendant quelques secondes, elle la fixa sans mot dire.

À l'instar d'un grand nombre de pensionnaires d'*Averell*, Mattea Descoteaux jouissait avec une morgue innée de tous les privilèges de son rang. Une fortune quasiment inépuisable l'assurait de ne jamais déchoir de la bonne société où elle évoluait. Contrairement aux mines sombres et hautaines de son demi-frère, elle arborait une frimousse angélique, avec une bouche en cœur et des yeux d'un bleu aussi limpide qu'un lac de montagne.

Elle ne se privait pas d'utiliser à son avantage son visage de chérubin et se croyait irrésistible.

Manifestement, l'expression sévère de Beatrice lui déplut profondément.

— Le cauchemar n'est donc pas terminé ? s'écria-t-elle avec cet accent très distingué qui arrivait à impressionner ses camarades pourtant issues du même milieu social. Oh ! c'est peut-être encore pire… Je suis morte et je me réveille en enfer !

— C'est un vrai plaisir de vous revoir, mademoiselle Descoteaux, répliqua Beatrice tranquillement.

Elle se coula facilement dans sa fonction d'éducatrice, sèche, distante et autoritaire, comme si c'était sa vraie nature au lieu d'un rôle de composition appris par la force des choses.

Lorsqu'elle endossait ce personnage, il n'y avait plus place pour les émotions. Elle ne risquait pas de s'effondrer ou de se mettre à pleurer comme une héroïne d'opéra. Retranchée derrière son autorité, elle n'avait strictement rien à craindre.

Elle répondit d'un ton enjoué à l'adolescente.

— Dois-je comprendre qu'on ne vous a pas prévenue de ma présence auprès de vous cet été ?

— Qui aurait osé m'annoncer une nouvelle aussi épouvantable ? Personne ! déclara Mattea sur un ton boudeur et provocant.

Beatrice sembla réfléchir un instant avant de sourire encore plus largement.

— Cela n'a rien d'étonnant si vous vous comportez avec votre famille comme avec le personnel d'*Averell*. Vous n'avez peut-être pas entièrement assimilé les règles d'éducation que nous avons tenté de vous inculquer.

Mattea fronça les sourcils, puis afficha une expression charmeuse, adorable pour quiconque ne la connaissait pas.

Cela ne marchait pas avec Beatrice, qui voyait clair dans son jeu.

Du coup, Mattea se renfrogna.

— Finalement, vous n'avez pas démissionné ? Les filles seront déçues. Elles se réjouissaient tellement de votre départ ! Je ne sais plus combien de soirées elles ont prévues à la rentrée pour fêter l'événement.

— J'ai en effet quitté mes fonctions de directrice, confirma Beatrice. Il n'empêche que votre frère m'a engagée pour veiller sur vous pendant les vacances d'été. Cela n'a pas l'air de vous ravir. Pour ma part, je suis très contente.

Mattea s'efforça de rester impassible. Néanmoins, ses joues rouges et ses pupilles dilatées la trahissaient.

Beatrice compatissait intérieurement. Elle savait combien c'était désagréable de dépendre d'autrui. Mais elle se garda bien de manifester son empathie.

Elle se prépara au pire quand Mattea gonfla ses poumons en prenant une profonde inspiration.

— Je vous préviens tout de suite. Ne hurlez pas ! Sinon, gare aux conséquences. Vous le regretterez amèrement, je peux vous l'assurer.

— Nous ne sommes plus dans votre institution qui

ressemble davantage à une prison qu'à une école, rétorqua Mattea du tac au tac. Je vous interdis de me traiter comme une vulgaire pensionnaire. Ici, je suis membre à part entière de la famille et vous devez me considérer comme telle. Comme si j'étais votre employeur. Vous êtes à mon service.

— Mon patron, c'est votre frère, ma chère enfant, déclara Beatrice en riant. D'ailleurs, savez-vous pourquoi il m'a engagée ?

« Pour vous surveiller et vous empêcher de faire des bêtises, poursuivit-elle sans lui laisser le temps de reprendre la parole. Pensez-vous qu'il se soucie de mes méthodes ?

Piquée au vif, Mattea s'empourpra davantage.

— Si je me plains à lui...

— Il doit malheureusement avoir l'habitude de vos récriminations incessantes. Et pour obtenir quoi, au bout du compte ?

Beatrice connaissait déjà la réponse. Ces jeunes filles de bonne famille insupportables, parfois dangereuses pour elles-mêmes ou pour leur entourage, étaient confiées à ses mains expertes afin d'être remises sur le droit chemin. Leurs proches ne s'avouaient jamais leur incompétence en matière d'éducation. Dans leur esprit, leur pedigree les garantissait de toute critique.

Le plus souvent, ces enfants étaient simplement perdues, en manque d'attention. L'aveu d'impuissance des parents qui les confiaient à des institutions comme *Averell* ne faisait que renforcer leur mal-être et leur amertume.

Raison de plus de se féliciter que Cesare Chiavari ne l'ait pas reconnue, songea Beatrice. Elle n'appréciait guère les gens qui se servaient de leur argent pour se décharger de problèmes qu'ils n'arrivaient pas à régler tout seuls.

La directrice d'*Averell Academy* évoquait souvent ces questions avec les membres de son personnel pour leur expliquer le comportement des fauteuses de troubles. Cela n'excusait pas les innombrables sottises de Mattea, mais on la comprenait mieux. Un jour, elle avait essayé de fuguer en emmenant plusieurs camarades dans un véhicule de service. Un mois durant, elle avait enfreint quotidiennement le règlement, se moquant ouvertement des corvées qu'on lui infligeait pour la punir, comme si elle cherchait avant tout à encourager la rébellion. Une autre fois, elle avait teint les cheveux de toutes les filles de première année en mauve, vert et rose, juste la veille de la sortie des vacances de Noël. L'école avait reçu de nombreuses plaintes de parents d'élèves, scandalisés à la vue de leur progéniture.

Lors de chacun de ces désastres, Beatrice avait demandé aux enseignants de tempérer leur colère. Mattea n'était qu'une enfant malheureuse, qui n'avait pas les moyens de surmonter son chagrin. Elle se déchargeait de ses souffrances comme elle pouvait, en faisant enrager les autres. Après la mort de sa mère, son père avait renoncé à son autorité parentale en faveur de son demi-frère, lequel était manifestement trop occupé pour exercer sa tutelle.

Pour l'heure, il était pressé de se marier et d'avoir des enfants, en espérant qu'ils seraient plus sages et plus dociles que sa demi-sœur.

Comment Mattea n'aurait-elle pas eu envie de se rebeller ?

— Notez bien que je ne vous aurais pas parlé ainsi à l'école, dit Beatrice.

Au lieu de réprimander les élèves, elle s'efforçait de ne pas les rabaisser. De toute façon, Mattea et ses semblables avaient une conscience aiguë de leur position sociale et n'acceptaient pas d'être humiliées.

— Je vois où vous voulez en venir, ricana Mattea dédaigneusement. Vous allez bientôt me proposer votre amitié. Non merci, je m'en passerai.

Dès le premier jour où elle avait mis les pieds dans une classe, Beatrice avait appris à se protéger derrière une armure. Aucune remarque, si cinglante soit-elle, ne pouvait l'atteindre.

— Contrairement à ce que vous croyez, mademoiselle Descoteaux, je ne prends pas un plaisir pervers à contrecarrer la volonté de mes élèves. Mon seul et unique objectif est de les aider à utiliser au mieux leurs capacités pour remplir le rôle qui leur est assigné.

Elle leva la main pour stopper les protestations de l'adolescente.

« Une attitude négative donne l'impression d'exercer un certain pouvoir, mais c'est une pure illusion, qui ne conduit qu'à renforcer des mesures coercitives. Au lieu de passer l'été agréablement à faire ce qui vous plaît, vous vous retrouvez sous mon contrôle.

— Vous pourriez m'accorder ma liberté, suggéra Mattea sans trop y croire.

— Personne ne vous fait suffisamment confiance pour vous laisser sans surveillance. Il ne tient qu'à vous de changer cela.

— Merci pour vos encouragements, railla Mattea en détournant le regard.

— Je ne serais pas surprise que vous me mettiez très vite à l'épreuve pour voir si je me montrerai aussi sévère ici qu'à *Averell*. Donc, je préfère être claire dès maintenant. Si vous décidez de braver mon autorité, ne présumez pas de vos forces. Pour l'instant, vous n'avez encore jamais gagné contre moi. À votre place, j'en tirerais la leçon qui s'impose.

Beatrice attendit patiemment.

Au bout d'une minute interminable, l'adolescente se contenta d'incliner la tête, comme si elles venaient toutes deux de conclure un accord.

— Bien. Définissons d'abord les questions élémentaires d'emploi du temps et de règles de vie. Il faudra respecter un horaire raisonnable, avec des plages de repos. Prendre des repas réguliers, à heure fixe, faire de l'exercice physique et ne pas imposer une musique tonitruante à toute la maisonnée.

« Ce n'est pas négociable.

— Je ne me lève pas avant midi et je déteste le sport, objecta aussitôt Mattea. Vous ne pouvez pas m'obliger à en faire.

Beatrice ne tenta pas d'argumenter. Le moment était mal choisi.

— Vous avez très mauvaise mine, Mattea. Vous vous couchez probablement très tard et vous manquez de sommeil. Je ne sais pas si vous vous alimentez correctement, mais j'en doute. Si vous aviez l'air heureuse et en pleine forme, je ne me soucierais pas autant de votre hygiène de vie.

— Vous vous mêlez un peu trop de ma vie privée, je trouve.

— Je vous laisserai tranquille à partir du moment où vous ferez un peu plus attention à vous.

Un peu honteuse, Mattea ramena le drap sur elle pour cacher sa confusion.

— Allez-vous-en ! cria-t-elle d'une voix assourdie.

— Je vous donne une heure pour vous lever, vous doucher et vous habiller en tenue de sport. Vous me ferez visiter la maison et la propriété.

« Et non, je ne partirai pas, ajouta Beatrice anticipant une objection vigoureuse. Je vous attends. Ici. Ne traînez pas, vous n'aurez aucune excuse.

Mattea risqua un œil, mais Beatrice ne dit plus rien.

Ce n'était pas la peine de brandir des menaces en énumérant les punitions auxquelles elle s'exposait en cas de désobéissance. Mattea réfléchissait sans doute à toutes les fois où elle avait bravé l'autorité. Elle avait toujours perdu.

Elles demeurèrent longtemps à s'observer en silence, dans une bataille d'ego et de volontés.

Beatrice en vint de nouveau à la conclusion que Mattea avait essentiellement besoin d'attention. Elle l'avait d'ailleurs recherchée et obtenue au cours de l'année écoulée à *Averell*. À quinze ans, cette enfant trop gâtée n'était pas aussi solide qu'elle le pensait.

On devait l'aider à consolider les fondements de sa personnalité. Il fallait juste ne pas s'énerver et rester ferme.

Comme pour lui donner raison, Mattea finit par rejeter les couvertures avec un rugissement théâtral et sauta au bas du lit en tapant des pieds. Puis, elle se rua dans la salle de bains en marmonnant et claqua la porte.

Beatrice tint parole et l'attendit dans la chambre. En n'entendant plus aucun bruit, elle s'approcha et frappa à la porte.

— Dois-je vous aider à ouvrir les robinets ?

Un cri de rage lui parvint aux oreilles. Peu après, l'eau se mit à couler dans la douche.

Beatrice retourna près de la fenêtre, qui offrait une vue magnifique sur le jardin fleuri. Dans le lointain, des collines plantées de vignes ondoyaient à l'horizon. Quel merveilleux paysage ! Si paisible et reposant. Beatrice aurait pu le contempler indéfiniment.

Mais de telles pensées la ramenaient dangereusement à Cesare Chiavari.

Elle devrait se surveiller de près pour ne pas se trahir. Elle résista à l'envie de poser les mains sur son ventre. En passe de devenir une habitude, ce geste devait cesser absolument ...

Désormais, rien ne comptait plus que l'avenir de son enfant. Ce devait être son unique préoccupation, le centre de son existence.

Mattea finit par émerger toute nue de la salle de bains, espérant sans doute provoquer une réaction qui ne vint pas. Après s'être habillée avec une nonchalance qu'elle voulait exaspérante, elle condescendit à emmener Beatrice pour une visite guidée de la maison, du parc, et même un peu au-delà, jusqu'en lisière du vignoble. À la suite de quoi, épuisée, affamée, elle réclama à cor et à cri un petit déjeuner qu'Amelia leur servit à l'étage dans l'un des nombreux boudoirs.

Comme la plupart des enfants, Mattea était beaucoup plus docile le ventre plein. Elle retrouva ses bonnes manières sans y penser, presque machinalement.

— Pourquoi voulez-vous absolument paraître mal élevée ? s'enquit Beatrice en la voyant croquer dans un toast délicatement beurré. Quand on a autant de savoir-vivre et de distinction au naturel, c'est dommage de tout gâcher.

L'adolescente renifla bruyamment.

— Comme si vous ne jouiez pas vous-même la comédie ! Vous faites sûrement moins de chichis quand vous êtes seule, débarrassée de votre déguisement.

Cette remarque avait du vrai... Beatrice réagit avec circonspection.

— À la différence qu'il s'agit de mon métier, dit-elle.

Mattea haussa les épaules et jeta le reste de son toast sur une assiette.

— Je tiens mon éducation de ma mère. C'est elle qui m'a élevée. Contrairement à ce que prétend Cesare, elle n'était pas nulle et bonne à rien. La solitude lui pesait, c'est tout...

Une expression vulnérable se peignit sur ses traits. Aussitôt, elle cilla des paupières et baissa les yeux.

— Elle m'a transmis le goût des jolies choses et inculqué les bonnes manières parce qu'elle le jugeait utile. Une femme doit être armée, dans la vie. On la traite d'autant mieux qu'elle se montre délicate et agréable.

Beatrice aurait aimé lui poser un tas de questions, sur sa mère, Cesare, et aussi elle-même. Mattea avait-elle conscience de sa propre fragilité ?

Elle n'eut pas le loisir de poursuivre la conversation car Mattea se leva brusquement, comme si elle se rappelait tout à coup qu'elle était en colère.

— Il vous a engagée comme baby-sitter parce que vous êtes la seule directrice à m'avoir supportée sans me renvoyer au bout d'un mois. Mais cela ne signifie rien. Sauf que je vous ai sans doute mieux manipulée que les autres !

— C'est une façon de voir les choses, commenta Beatrice avec un sourire. Vous croyez vraiment à cette version ?

— Peu importe.

« Ce qui est sûr, c'est que mon existence embarrasse Cesare...

— Mais non...

— Si ! fulmina Mattea. Personnellement, je suis ravie de le décevoir. Je ne vais certainement pas suivre l'exemple de ma mère et m'escrimer à rechercher son approbation. Si je réussis à vous faire licencier par la même occasion, ce sera tout bénéfice.

— Je prends note, murmura Beatrice, circonspecte.

— Mon frère est comme mon père et tous les hommes, poursuivit Mattea. Chaque fois qu'ils veulent aller de l'avant, ils voudraient effacer le passé, sauf que j'ai la mauvaise habitude de resurgir à ce moment-là. Je les dérange.

Quelqu'un avait dû mettre ces idées dans la tête de Mattea, ou tout au moins lui laisser croire qu'elle était de trop. Mais qui ? Probablement pas Cesare... Quelle tristesse de se sentir aussi indésirable, à quinze ans !

— En tout cas, je ne me laisserai pas faire et je compte bien mener la vie dure à tout le monde, vous y compris ! lança l'adolescente avec une émotion mal contenue. Vous avez tenté habilement de m'amadouer, Miss Higginbotham, mais c'est peine perdue. Vous feriez mieux d'abandonner tout de suite.

Beatrice reposa tranquillement sa tasse de thé.

— Malheureusement pour vous, aucun argument ne me dissuaderait davantage. Il n'est pas dans ma nature de capituler. Jamais.

Mattea eut un rire insolent.

— Tout le monde dit cela, mais je finis toujours par gagner. Je vous aurai à l'usure, comme les autres.

Beatrice se jura solennellement de relever le défi.

Cette pauvre fille abandonnée à elle-même l'attendrissait en dépit de tout. Ses efforts désespérés pour cacher sa vulnérabilité faisaient pitié.

Elle ne pouvait pas s'empêcher de songer à son bébé. Qui assurerait son avenir dans le cas funeste où elle ne serait plus là pour s'occuper de lui ?

Le drame virait au tragique lorsque l'enfant manquait d'amour dans son nouvel entourage. Une mère était évidemment irremplaçable. Il fallait déployer des trésors d'affection et de tendresse pour lui permettre de se construire envers et contre tout.

Beatrice ne pouvait pas s'abandonner à l'émotion. Se ressaisissant dans un sursaut, elle se concentra sur la tâche à accomplir, ici et maintenant.

Elle se promit de réussir. Elle n'abandonnerait pas Mattea à son sort. Que cette dernière le veuille ou non, elle l'aiderait à aller de l'avant et ne reculerait pas devant les difficultés.

Même si elle devait pour cela s'opposer à Cesare Chiavari. Il s'y prenait sans doute mal avec sa sœur, et aurait droit à un exposé en règle sur les méthodes éducatives. Elle saurait le gagner à sa cause.

4

Depuis l'arrivée de cette préceptrice déconcertante dans la maisonnée, Cesare n'avait pas eu à se plaindre de sa sœur. Elle se comportait correctement à table, ne le dérangeait pas à n'importe quelle heure dans son bureau, et Mme Morse ne lui rapportait rien de fâcheux quand il rentrait de voyage.

Il avait pris la bonne décision, comme toujours.

À la fin de la première semaine, il avait convoqué Miss Higginbotham pour la féliciter. Les vacances n'avaient jamais été aussi paisibles depuis qu'il avait la garde de Mattea.

C'était une douce soirée d'été. L'air embaumait de senteurs fleuries et Cesare appréciait une détente bien méritée après un après-midi de négociations particulièrement ardues avec des partenaires aux Philippines. Assis dans un fauteuil sur sa terrasse préférée, face au lac, il goûtait *la bella vita* avec un *aperitivo.*

Sa cuisinière avait préparé une délicieuse *schiacciata*, une sorte de pain croustillant à pâte fine aux olives et aux tomates du jardin, accompagnée de *pecorino*. Il picorait distraitement en songeant au week-end qui l'attendait sur la Côte d'Azur, chez un ami et associé d'affaires. Il partait tout à l'heure en avion pour rejoindre Marielle, qui espérait impatiemment sa demande en mariage.

Depuis le temps que cette idée était dans l'air, il se devait de passer à l'acte.

Il contemplait sa propriété avec satisfaction, en échafaudant des projets d'avenir. Son union imminente lui assurerait la descendance à laquelle il aspirait de tous ses vœux. Il fallait juste se décider et fixer son choix sur l'heureuse élue.

Le moment était venu de caser la dernière pièce du puzzle pour parachever l'œuvre de son père, dont il observait fidèlement les instructions.

À la lettre.

Le testament paternel figurait en bonne place sur son bureau, sous une plaque de verre. Il s'y référait souvent pour se remémorer les préconisations de Vittorio qui lui servaient en quelque sorte de boussole.

Déjà âgé à la naissance de Cesare, Vittorio était mort alors que son fils de seize ans poursuivait ses études en pension à l'étranger. Il avait rédigé ses dernières volontés de façon très détaillée en vue de préserver et accroître la fortune des Chiavari. Dans le même document, il conseillait à Cesare de ne pas se marier prématurément.

Quand on est jeune, écrivait-il, *on ne réfléchit pas suffisamment et on se précipite. Avec l'âge et l'expérience, on est plus sûr de choisir une compagne à la hauteur du nom et du patrimoine.*

Il n'expliquait pas pourquoi il avait épousé la mère de Cesare, une femme qui l'avait rendu affreusement jaloux et malheureux. Mais sa lettre tenait certainement lieu de mea-culpa.

Cesare se tourna à demi en entendant la porte s'ouvrir derrière lui. Vêtue d'une robe de couleur sombre qui ressemblait plutôt à un sac, la préceptrice ne se mettait décidément pas en valeur.

Et pourquoi s'affublait-elle de ces horribles lunettes ? se demanda-t-il avec consternation. Cette femme offensait le bon goût et la mode si chers à l'âme italienne !

Cesare avait été éduqué à l'étranger. Malgré tout, il appartenait à la Toscane, cette terre d'art et de beauté qui avait contribué à forger son être. L'esthétique occupait dans sa vie une place prépondérante. Il recherchait l'harmonie en tout et partout.

Il ne comprenait pas comment quelqu'un pouvait attacher aussi peu d'importance à son apparence. Cela le dépassait. Complètement.

Après tout, cela ne le concernait pas. La femme qu'il avait engagée pour éduquer Mattea pouvait bien s'habiller comme elle voulait pourvu qu'elle s'acquitte bien de son travail. Ce qui semblait être le cas. Donc, tout allait pour le mieux.

Il lui fit signe de s'asseoir en face de lui, de l'autre côté de la table basse, et elle s'exécuta avec une grâce inattendue. Surpris, et en proie à une émotion incompréhensible, il fronça les sourcils. Elle n'avait pourtant rien pour lui plaire…

Cesare se sentit curieusement désemparé. Il avait l'habitude de côtoyer et de séduire de très belles femmes et ne s'expliquait pas son trouble. En outre, elle lui rappelait vaguement quelqu'un. Mais qui ?

Il la voyait pour la deuxième fois. Peut-être se remémorait-il tout simplement la scène de son arrivée. Son élégance naturelle, en dépit de sa mise plus que modeste, l'avait déjà frappé à cette occasion. Elle réussissait à avoir de l'allure, avec un maintien et un port de tête très distingués.

L'attirance étrange qu'elle suscitait avait de quoi l'inquiéter. Sans doute fallait-il l'attribuer à l'abstinence du célibat qu'il s'imposait depuis plusieurs mois.

Il chassa vigoureusement cette idée de son esprit.

— Ma sœur ne s'est signalée par aucune incartade depuis que vous êtes chez nous, commença-t-il en lui tendant un *aperitivo*. Je tiens à vous féliciter.

La préceptrice plissa le nez d'un air réprobateur à la vue du verre, comme si elle risquait de sombrer dans un abîme de perdition si elle y trempait les lèvres.

— Le feu couve sous la cendre, répliqua-t-elle en souriant.

Pourquoi était-il aussi peu sûr de lui tout à coup ? Cesare Chiavari n'était pourtant pas homme à se laisser déconcerter ou intimider !

Il toussota.

— Que voulez-vous dire ?

Miss Higginbotham s'appuya contre le dossier de sa chaise sans se départir de sa raideur.

— Elle essaie d'endormir ma méfiance, expliqua-t-elle. Son prochain coup d'éclat sera d'autant plus retentissant qu'il sera inattendu. Secrètement, elle cherche aussi à me faire renvoyer.

Cesare réfléchit un instant tout en considérant cette femme qui mettait si curieusement ses nerfs à rude épreuve. Une intuition mystérieuse l'avertissait de garder ses distances.

Elle est dangereuse, chuchota une petite voix intérieure, aussitôt réprimée. Pourquoi le troublait-elle autant ?

— Avez-vous une idée de ce qu'elle mijote ? demanda-t-il.

— Pas vraiment. Mais ce sera forcément dirigé contre vous, M. Chiavari.

Elle haussa les sourcils devant sa mine perplexe et irritée à la fois.

— L'intérêt que vous lui portez et les soins généreux dont vous l'entourez font de vous une cible de choix. Vous êtes sa seule famille, désormais...

Son ironie vexa profondément Cesare. Personne ne lui parlait jamais avec cette arrogance. Comment osait-elle ?

— Laisseriez-vous entendre que je ne me soucie pas assez d'elle ?

— J'ai dit tout le contraire, je crois.

— Sur un ton sarcastique, me semble-t-il.

— C'est sûrement un malentendu.

« Pour revenir à notre sujet, j'ai l'habitude dans mon métier, de m'occuper d'adolescentes difficiles comme votre sœur. Elles arrivent toutes à l'école dans le même état. Nous nous efforçons de rediriger leur énergie vers des activités plus profitables.

Cesare éclata de rire.

— C'est-à-dire ? Le piano ? L'aquarelle ? Devrions-nous l'encourager à tenir un journal intime ?

La préceptrice lui jeta un regard cinglant.

— Les femmes ont d'autres métiers et loisirs de nos jours. Nous ne sommes plus à l'époque victorienne.

D'une manière tout à fait inaccoutumée, Cesare s'aventura à poser une question sans réfléchir.

— Dites-moi une chose, Miss Higginbotham. Pourquoi avez-vous démissionné de votre fonction de directrice ? L'annonce du conseil d'administration a été très évasive.

— J'avais besoin de changement, répondit-elle après un silence.

Elle marqua une nouvelle pause.

— Je n'avais pas spécialement envie de ce poste de préceptrice. Je pensais plutôt trouver un travail avec des horaires réguliers, où l'on rentre chez soi le soir.

Leurs regards se croisèrent. À ce moment-là, il se passa une chose étrange, comme si un déclic se produisait puis une image floue apparut dans la mémoire de Cesare.

— Je ne pouvais pas refuser votre offre plus que généreuse, ajouta Beatrice.

Le souvenir vague s'évanouit sans que Cesare comprenne de quoi il s'agissait.

— Vous êtes comme tout le monde, finalement, intéressée.

— Tout à fait. De nous deux, c'est moi qui ai le plus besoin d'argent. Vous, vous nagez dans l'opulence, avec des domestiques à votre service. Je loge dans une chambre sous les combles où vous n'avez peut-être jamais mis les pieds…

Pendant qu'elle parlait, il se surprit à s'évader et à rêvasser. Pourquoi l'imaginait-il endormie, les cheveux épars répandus sur l'oreiller ?

Le rire de la jeune femme le fit soudain sursauter.

Un écho s'éveilla immédiatement en lui. Une voix de

soprano, légère et musicale, dans une *vineria* de Venise, avec un air de violon en arrière-fond...

Cette nuit lointaine n'avait pourtant aucun rapport avec la situation présente. Pourquoi se remémorait-il tout à coup une aventure sans lendemain ? Peu coutumier du fait, il préférait entretenir des liaisons avec une maîtresse qu'il voyait régulièrement, en qui il avait confiance. Il avait complètement chassé cette fredaine de son esprit en s'interdisant d'y repenser.

Cela faisait plusieurs mois, maintenant.

À la vérité, il avait été choqué de se réveiller seul dans sa chambre d'hôtel, ce matin-là. La belle inconnue avait mystérieusement disparu. Il l'avait cherchée avec l'énergie du désespoir, frénétiquement.

En vain.

Rien ni personne ne l'avait jamais affecté ainsi.

La passion ne l'avait jamais dévasté, avant cet épisode. Ni depuis.

Dans tous les cas, il se félicitait de ne pas avoir retrouvé cette femme rencontrée par hasard. Cela valait mieux pour sa sérénité. Tant d'innocence, inattendue, miraculeuse, l'avait bouleversé. Elle s'était liquéfiée à son contact, douce comme de la soie, ardente comme des torrents de lave. Ils n'avaient même pas échangé leurs noms. Sans doute était-elle dans la une situation similaire à la sienne, esseulée mais avec des projets d'avenir, subjuguée par la tentation, mais pour une unique nuit volée au destin.

Cesare se refusait à repenser à tout cela.

Il avait des idées bien arrêtées sur sa future épouse et ne voulait pas d'une femme qui lui fasse perdre la tête comme cette compagne d'un soir. De toute façon, la passion ne durait pas éternellement. Il n'abdiquerait jamais le bon sens et n'oublierait pas les leçons qu'il avait tirées de l'exemple paternel. Le comportement de sa mère et de son second mari – le père de sa sœur – n'avaient pas échappé non plus à son analyse.

Autour de lui, les errements du désir avaient détruit des vies.

Sa voie à lui était toute tracée, loin de toute incertitude. Il s'en félicitait, même si cette faveur du ciel ressemblait parfois à une malédiction en le privant de sa liberté. À sa place, certains se seraient révoltés en se lançant dans des sports extrêmes, la course automobile ou l'escalade. Cesare n'avait aucun goût pour le danger. S'il mourait, l'empire familial disparaîtrait avec lui.

Il voulait protéger son héritage et le faire fructifier. Il n'y avait pas de créneau dans son emploi du temps pour de folles nuits enchantées, pleines de désirs inassouvis. Cesare Chiavari ne croyait pas à la magie.

Comme tout un chacun, il avait ses faiblesses et s'était laissé séduire par un regard langoureux.

Aujourd'hui, il se félicitait de ne pas avoir retrouvé la propriétaire de ces beaux yeux. Réellement.

Il s'efforça de revenir au moment présent en réprimant l'émotion suscitée par le rire de Miss Higginbotham.

— Quelles que soient vos méthodes, j'espère qu'elles continueront à porter leurs fruits.

— Il y aura malheureusement des hauts et des bas, répliqua-t-elle en illustrant ses propos d'un geste de la main. La perfection n'est pas de ce monde.

— Pour moi, si, déclara-t-il en la fixant sévèrement. Je vous paye pour cela, Miss Higginbotham.

Elle ne parut pas le moins du monde intimidée.

— Je comprends votre point de vue, mais il s'agit d'une adolescente de quinze ans aux prises avec des émotions imprévisibles. Je ferai tout mon possible pour vous donner satisfaction, monsieur Chiavari, mais elle résistera, vous pouvez en être sûr.

Il la considéra avec attention, comme une pièce à prendre sur un échiquier. Personne ne l'avait jamais dérouté à ce point, et certainement pas une employée.

— Eh bien, quelle stratégie me suggérez-vous ?

Quand elle esquissa un sourire dédaigneux, il eut l'impression d'entendre son rire résonner au-dedans de lui. C'était insupportable.

— Je crains de ne pas en savoir assez sur les relations familiales, avoua-t-elle avec une franchise désarmante. Je suis orpheline. Mes parents sont morts tous les deux très jeunes. Je n'ai jamais connu les joies et les peines d'une petite fille qui grandit parmi les siens.

— Néanmoins, votre travail consiste précisément à gérer des adolescents à problème…

Elle inclina la tête sur le côté, comme s'il prononçait une absurdité.

— Je ne pense pas qu'il soit nécessaire d'avoir une famille pour être une bonne éducatrice. En fait, la plupart des parents qui envoient leurs enfants à *Averell Academy* se sentent impuissants et démunis face à eux. Je suis peut-être mieux placée pour m'en occuper correctement.

— Mais vous avez démissionné.

Elle s'absorba un instant dans la contemplation des collines, à l'horizon, avant de poser à nouveau le regard sur lui.

— Vous ne pouvez sans doute pas comprendre ma situation à cause de ce que vous êtes. Votre vie et votre personnalité sont déterminées par votre naissance. Vous n'avez qu'à suivre un chemin tout tracé.

— Cela s'appelle le devoir. Et la loyauté envers un héritage familial qui remonte au fond des âges.

— Cela doit être un énorme fardeau en même temps qu'une grande joie. Pour ma part, je n'ai de comptes à rendre à personne d'autre que moi-même.

— Vous êtes libre de toutes contraintes.

— Certes. Les liens ne sont pas tous à dédaigner pour autant. Certains nous attachent contre notre volonté. D'autres, au contraire, nous sécurisent et nous empêchent de tomber quand nous risquons de perdre pied.

Comme il devait être agréable de vivre sans obligations, songea Cesare. De planer au gré du vent et de ses envies, tel un aigle aux ailes largement déployées... Il s'étonna de cette idée. Après des années à chercher l'épouse idéale, ce n'était guère le moment de rêver d'indépendance. Il fallait revenir sur terre.

Oublier ces sottises.

— Je ne sais pas, murmura-t-il.

Il ne comprenait pas pourquoi il était si facile, si naturel, de discuter ainsi avec elle des choses de la vie. D'ordinaire, il donnait des ordres et des directives autoritairement, sans se soucier des difficultés d'exécution. Il se flattait d'être un bon patron, même s'il se montrait très exigeant.

Il ne se souvenait pas de s'être jamais laissé aller à des confidences avec une employée.

D'ailleurs, il n'en était pas encore là, se dit-il pour se rassurer.

— Il m'est certainement plus facile qu'à vous de bifurquer pour changer d'existence, déclara la jeune femme.

Devinait-elle les pensées et les motivations de Cesare ? Comprenait-elle à quel point il faisait corps avec l'histoire séculaire des Chiavari ? C'était une chance et un honneur d'avoir sa place dans la longue lignée qui l'avait précédé. Un jour, son nom serait gravé sur une pierre tombale, dans la crypte de la chapelle ancestrale. Il en concevait une immense fierté.

— Vous, en revanche, poursuivit-elle, ne pourrez jamais vous dégager du poids héréditaire qui pèse sur vous et sur tous les Chiavari.

Contrairement à l'entourage de Cesare, elle ne nourrissait aucune admiration à son égard.

— Je n'ai pas la moindre envie de changement, dit-il.

Elle lui lança un regard étrangement perspicace, comme si elle était capable de pénétrer des secrets profondément enfouis.

— Vous allez pourtant vous marier, observa-t-elle tranquillement.

Elle n'avait rien dit de vexant ou de désobligeant. Néanmoins, inexplicablement, il en prit ombrage.

Cette réaction épidermique, totalement inhabituelle chez lui, surtout devant une femme, le déconcerta.

— Mon mariage ne va pas bouleverser mon existence, argua-t-il au bout d'un moment. Après tout, il s'agit seulement d'assurer la perpétuation de la lignée et de préserver le patrimoine. Grâce à cette union, l'empire familial continuera à prospérer.

— Quelle chance, pour la mariée, de remplir une fonction aussi... valorisante !

L'accent moqueur, sur le dernier mot, irrita beaucoup Cesare, qui se garda malgré tout de manifester son agacement.

— Beaucoup de femmes seraient très honorées d'être choisies.

— Je n'en doute pas.

Elle hésita un peu avant de poursuivre, en se penchant légèrement vers lui.

— Il existe des solutions intermédiaires. Vous pourriez parfaitement créer votre propre legs, sans dilapider l'héritage familial. Ce n'est pas incompatible. Votre fondation perpétuerait le glorieux passé qui s'attache à votre nom.

— Vous ne savez pas du tout de quoi vous parlez, s'insurgea-t-il, les dents serrées.

L'air se chargea d'électricité. Autour d'eux, les ombres du soir s'épaissirent.

Cesare réprima sa nervosité. Finalement, il se trompait. Beatrice Higginbotham ne lui inspirait pas confiance. Il avait tort de bavarder avec elle à bâtons rompus. Il ne fallait pas lui confier des secrets intimes.

La beauté d'un soleil couchant en Toscane ne devait pas l'influencer.

En dépit d'un curieux pressentiment, cette femme ne pouvait pas lire en lui. C'était tout simplement impossible. Elle ne le connaissait pas.

Elle était sans doute douée d'une intuition très fine, hors du commun, qui lui soufflait des vérités profondément enfouies en lui.

C'était la seule explication.

Il n'avait éprouvé qu'une fois une connexion aussi forte. À Venise…

Dieu merci, il n'avait pas revu l'inconnue et ne la reverrait jamais. Cette nuit-là occupait une place à part dans son esprit. À nulle autre occasion au cours de son existence, il n'avait envisagé de s'engager sur une autre voie, prendre une nouvelle direction. Il s'était endormi en tenant sa belle étrangère étroitement enlacée et avait rêvé de remuer ciel et terre pour la garder auprès de lui.

Il n'avait pas envie de revivre de tels moments. Des gouffres insondables, insoupçonnés, s'étaient creusés en lui, comme s'il n'existait plus aucune certitude.

Rétrospectivement, cela lui semblait d'autant plus irrationnel que la femme avait disparu à son réveil, sans même lui laisser son nom.

Cesare ne voyait pas pourquoi cette institutrice aux grosses lunettes évoquait irrésistiblement l'aventure vénitienne. Elle ne connaissait certainement rien de la passion et il regrettait pour sa part de l'avoir vécue une fois, même fugitivement. Cela créait trop de complications.

Il se leva abruptement, trahissant ainsi son embarras et au mépris de son excellente éducation. Il s'en voulait d'abandonner ses bonnes manières parce que la préceptrice de sa sœur le mettait mal à l'aise.

Mais il ne se rassit pas et ne s'excusa pas non plus.

— J'ai un avion à prendre, prétexta-t-il.

Elle eut un sourire sarcastique qui en disait long. Un homme comme lui voyageait évidemment en jet privé sans se soucier d'un horaire…

À bien y réfléchir, la belle étrangère et Miss Higginbotham avaient tout de même quelque chose en commun : l'arrogance et le franc-parler.

À Venise, il avait été séduit par l'authenticité et la spontanéité extraordinaires de la rencontre. Une folle exaltation l'avait enfiévré.

La situation actuelle n'avait rien à voir.

Tournant les talons, il s'éloigna pour mettre fin à une entrevue qui avait duré trop longtemps. En fait, il avait un peu l'impression de fuir lâchement.

Cesare s'était ressaisi avant d'arriver sur le terrain d'aviation. Maître chez lui, il n'avait pas à supporter les remarques désagréables d'une employée. Il avait daigné s'entretenir quelques instants avec elle. Cela ne se reproduirait pas.

Tu ne repenseras pas non plus à la femme en rouge, lui souffla la voix de sa conscience avec une réprobation insistante.

Le vol jusqu'à la Côte d'Azur ne dura pas longtemps. À son arrivée, une voiture l'emmena sur les hauteurs de Nice pour assister à la réception à laquelle il était convié. Son hôte habitait un très beau manoir au cœur du paysage spectaculaire des collines de Provence. Le lieu exsudait une élégance raffinée, jusque dans les moindres détails. Son ami, qu'il avait connu très jeune dans un pensionnat d'Angleterre, était aussi amusant que dans son souvenir. Ses invités étaient tous très sympathiques et Marielle, l'héritière qu'il avait choisie comme future épouse, brillait de mille feux.

Tout était parfait, le buffet, les vins, l'ambiance pétillante, les conversations sophistiquées… Quand vint le moment de danser, Marielle se coula langoureusement entre ses bras et ils évoluèrent sur la piste avec distinction.

Plus tard, en se retrouvant seul dans sa suite, il s'étonna d'avoir gardé au fond de sa poche la bague de fiançailles apportée pour l'occasion. Il ne s'expliquait pas pourquoi il n'avait pas fait sa demande.

C'était pourtant la nuit rêvée pour déclarer sa flamme. Il avait prévu de le faire dans l'intimité, au cours d'une promenade dans les jardins, par exemple. Pourquoi n'était-il pas passé à l'acte ? Il était pourtant sûr de lui.

Marielle n'attendait que cela.

Il se déshabilla, ouvrit les portes-fenêtres qui donnaient sur le balcon et s'accouda à la balustrade, vêtu seulement de son caleçon. Une brise légère rafraîchissait l'atmosphère. La pleine lune brillait haut dans le ciel, dispensant une clarté laiteuse sur le parc.

Cesare s'abandonna à la méditation. En se couchant, il avait pris une décision.

Il demanderait la main de Marielle le lendemain matin, dans la lumière du soleil. Elle oublierait très vite la déception qu'il lui avait infligée ce soir.

Il s'endormit sur cette pensée, mais des rêves étranges troublèrent son sommeil.

Comme souvent, il s'imagina à Venise. Il ramenait sa

mystérieuse inconnue à l'hôtel, s'agenouillait entre ses jambes et goûtait au suc merveilleux de sa féminité.

Il se réveilla en sursaut en découvrant avec stupeur que le visage de son amante se superposait à celui de Miss Higginbotham.

5

— Mon frère a quelque chose de changé, déclara Mattea un matin, pendant la promenade quotidienne imposée par Beatrice.

L'adolescente renfrognée parlait de ces marches forcées comme si elle était dans un camp d'entraînement de l'armée. Beatrice ne prêtait pas attention à ses remarques et se contentait de sourire.

— Il s'est peut-être fiancé, suggéra-t-elle.

Elle ravalait son amertume, se gardant de ne trahir aucune émotion. Personne ne devinerait jamais qu'elle portait le moindre intérêt aux faits et gestes de Cesare Chiavari.

Ces sorties matinales dans la nature lui faisaient beaucoup de bien.

Elle guérissait lentement.

— Impossible, répondit Mattea avec l'assurance présomptueuse qui la caractérisait. Lui, il n'aurait peut-être pas envie d'ébruiter la nouvelle. Il déteste être en ligne de mire de la presse people. Mais *elle*, c'est tout le contraire. Elle adore être mise en vedette.

Mattea connaissait-elle donc l'heureuse élue ? se

demanda Beatrice. Cesare donnait plutôt l'impression de ne pas s'être encore décidé…

Quoi qu'il en soit, cela ne la regardait pas.

L'adolescente soupira.

— Toutes les Européennes lorgnent mon frère. Celle qui lui mettra le grappin dessus fera des jalouses.

— Les fiançailles de votre frère ne me passionnent pas vraiment, commenta Beatrice pour changer de sujet.

Presque un mois s'était écoulé depuis son arrivée dans cette demeure où elle se sentait de mieux en mieux. Qui ne se serait pas plu en Toscane ? Sa grossesse se passait bien, mais sa taille s'épaississait et son ventre s'arrondissait. Elle se félicitait d'avoir fait provision de vêtements amples, deux fois trop grands. Apparemment, personne n'avait rien remarqué.

Si quelqu'un disait quelque chose, elle incriminerait la délicieuse *pasta* servie à tous les repas. Elle regretterait beaucoup la cuisine italienne à son retour en Angleterre.

Toutes les semaines, Cesare la convoquait pour un bref entretien au sujet de sa sœur. Dieu merci, cela ne durait jamais aussi longtemps que la première fois. Elle lui en savait gré.

Mattea se comportait étonnamment bien depuis qu'elle était suivie de près. Que souhaiter de plus ? Comme Beatrice l'avait dit à Cesare, il n'y avait pas d'examens à la clé, pas de travail scolaire. Il fallait juste espérer qu'elle continue ainsi. On ne pouvait toutefois pas préjuger de la façon dont elle se conduirait le jour du mariage, ce qui semblait être la préoccupation essentielle de son frère.

Malgré tout, il ne parlait pas de ses projets. Personne n'avait de nouvelles.

Je le saurais, songea Beatrice comme si son aventure d'une nuit la dotait d'une clairvoyance particulière. En réalité, celui qu'elle avait rencontré à Venise n'existait que dans son imagination. Dans la vie réelle, Cesare Chiavari était froid, distant, inaccessible…

— Finalement, il ne se mariera peut-être pas, dit Mattea en revenant à leur conversation.

Tous les jours, elles poussaient l'exploration un peu plus loin dans les vignes et reprenaient le chemin du retour quand Mattea commençait à rouspéter.

— Il n'est pas *obligé*, ajouta-t-elle.

Il y avait tellement d'espoir dans sa voix que Beatrice eut pitié. Pour un peu, elle aurait dit son fait à Cesare Chiavari et l'aurait sommé de faire plus attention à sa sœur. Cette enfant se sentait délaissée. Elle avait juste besoin de son affection.

Mais ce n'était pas à elle de lui faire la leçon.

Beatrice avait elle aussi remarqué un changement chez Cesare. Il était difficile d'en déterminer la cause, mais elle s'en rendit compte peu à peu. Par exemple, il leur arriva plusieurs fois de le croiser au cours de leur marche quotidienne.

Un jour, il entra dans la salle à manger pendant qu'Amelia apprenait à Mattea comment dresser le couvert. Sa sœur riait aux éclats.

— C'est incroyable ! murmura-t-il en s'approchant de Beatrice. Ma sœur ne s'est jamais intéressée de près ou de loin à la vie domestique. Mme Morse me dit qu'elle a fait la lessive hier ?

— J'applique des méthodes d'éducation active, confia Beatrice. Surtout, ne lui en parlez pas. Cela gâcherait tout !

Cesare la considéra d'un air perplexe. Depuis quelque temps, il l'observait beaucoup.

Comme s'il la soupçonnait.

Se doutait-il de quelque chose ? Avait-il deviné son identité ? En tout cas, celle qu'elle avait endossée à Venise ? Car son personnage de femme fatale n'était pas vraiment elle. Avait-il des suspicions ? Secrètement, elle l'espérait presque. Et se réjouissait plus qu'elle ne le craignait.

Tu ne connais pas toi-même ta vraie nature, s'admonesta-t-elle vigoureusement. *Tu l'as découverte seulement cette année.*

À la réflexion, sa véritable personnalité avait d'ailleurs de quoi choquer.

Elle ne pouvait naturellement pas aborder ces sujets avec Mattea, pour laquelle elle s'était prise d'affection depuis qu'elle ne fanfaronnait plus devant ses camarades. Mais elles n'étaient pas amies. Elles ne le seraient jamais. Sa fonction l'interdisait.

— Beaucoup d'hommes dans la position de votre frère éprouvent la nécessité de se marier, expliqua-t-elle à l'adolescente.

Peut-être avait-elle besoin de s'en persuader également, ainsi que pour son bébé.

— Ils se sentent investis du devoir de poursuivre la lignée. Le monde est ainsi fait.

— C'est stupide, répliqua Mattea en levant les yeux au ciel.

Beatrice, qui ne pouvait évidemment pas en convenir, lui lança un regard réprobateur.

— J'ose espérer que vous allez persévérer dans votre conduite exemplaire ? La dernière fois que j'ai rencontré votre frère, il m'a demandé si vous étiez malade.

Mattea se mit à rire. Elle avait les pommettes rouges, à cause du grand air peut-être ou d'une émotion mal contenue.

— Ne vous inquiétez pas, je ne resterai pas sage indéfiniment. Cela m'ennuierait de décevoir les attentes de mon frère !

Beatrice avait institué des plages de calme dans la soirée, au grand dam de Mattea qui réclamait haut et fort de sortir, d'écouter de la musique et de se coucher tard comme tous les jeunes de son âge.

Sa préceptrice se montrait inflexible.

En fait, Mattea n'avait pas beaucoup de vrais amis. Elle fréquentait surtout des adolescents provocateurs qui ne pouvaient que l'entraîner sur la mauvaise pente.

— J'ai peut-être envie de regarder un film qui n'est pas du goût de ma gouvernante collet monté, avait protesté Mattea un jour de rébellion. Ou de chatter sur le Net, ou d'appeler des copains en vidéo. Ou simplement être seule !

— Tant que je sais où vous êtes, il n'y a aucun problème, répondit Beatrice. Vous pouvez écouter n'importe quelle musique avec un casque. Si vous avez besoin d'interactions, je peux vous montrer quelques jeux de société.

« Pour les films, interrogez-vous davantage sur vos goûts et vos envies que sur les miens. Et si vous souhaitez communiquer avec vos amis en envoyant des messages pour vous plaindre ou vous moquer de moi, ne vous gênez pas. Mais vous le ferez en ma présence.

« Nous resterons toutes les deux dans la même pièce. C'est la règle. Je n'en dévierai pas.

Ce jour-là, Mattea gagna quelques heures supplémentaires de repos forcé, en punition à une réponse trop vive et émaillée de grossièretés.

Elle s'adaptait néanmoins avec une facilité surprenante aux contraintes édictées par Beatrice. Parfois, elles jouaient vraiment à des jeux de société ou éducatifs. Elles regardaient aussi des vidéos dans la salle multimédia. Les films devinrent moins provocants lorsque Mattea se rendit compte que sa préceptrice n'était ni choquée ni scandalisée par ses choix. Le plus souvent, l'adolescente passait ses soirées sur Internet et les réseaux sociaux pendant que Beatrice lisait.

Mattea n'était pas devenue miraculeusement obéissante. Elle était sage parce qu'elle n'avait pas de public, tout simplement. C'était aussi la première fois de sa vie que quelqu'un lui tenait véritablement compagnie et faisait attention à elle.

— Votre mère passait beaucoup de temps avec vous ? demanda Beatrice un après-midi alors qu'elles jouaient aux cartes.

— Oui, quand elle était là...

— Vous faisiez quoi ?

— Je vous l'ai déjà dit, elle adorait m'habiller, me déguiser en grande dame et me donner des leçons de charme.

« Pourquoi cette question ?

Beatrice ne le savait pas elle-même. Elle avait de l'affection pour Mattea, bien sûr, mais sa curiosité allait au-delà. Sans doute avait-elle envie d'imaginer les relations qu'elle aurait eues avec sa propre mère. Celle-ci lui avait tant manqué. Elle s'interrogeait aussi sur son futur rôle avec son enfant.

Elle se gratta la gorge.

— J'ai été orpheline à sept ans. Je n'ai pas beaucoup de souvenirs. Je me rappelle que ma mère me lisait des histoires le soir quand j'étais petite. Un peu plus grande, je partais me promener avec elle et nous discutions de nos journées respectives. J'adorais nos bavardages. Cela me donnait l'impression d'être adulte.

— Comme c'est mignon ! s'esclaffa Mattea. Nos expériences ne se ressemblent pas… Ma mère n'était pas du tout comme la vôtre.

— Comment était-elle, alors ?

— Elle recevait et sortait beaucoup. Comme elle se couchait très tard, elle ne se levait pas avant midi, passait de longues heures dans la salle de bains et à sa toilette. Elle m'invitait à lui tenir compagnie dans sa chambre, s'amusait à me maquiller et m'apprenait à être coquette. Elle me mettait du parfum, me faisait goûter au champagne et me montrait des pas de danse. Parfois, elle prenait des photos de nous deux, pendant de longues séances de pose. Je n'avais pas l'impression d'être adulte, plutôt un animal domestique…

Il en coûta à Beatrice de ne pas réagir devant la moue désabusée de la jeune fille. Mais cette dernière ne voulait surtout pas être un objet de compassion. Il valait mieux ne rien manifester pour ne pas la braquer.

— Et votre père ?

Mattea haussa les épaules.

— Oh ! il ne se rappelait jamais qu'il avait une enfant. Il paraissait surpris chaque fois qu'il me voyait.

Beatrice s'abstint de tout commentaire.

— J'adorais les visites de Cesare, poursuivit Mattea au bout d'un moment. Je croyais retrouver ce plaisir en venant habiter chez lui. Malheureusement, ce n'est pas le cas.

— Et pourquoi, selon vous ?

Mattea lança un regard circonspect à Beatrice, puis baissa les yeux.

— Oh ! je sais très bien que c'est ma faute, miss Higginbotham. Vous aussi, d'ailleurs.

Dans un brusque mouvement d'humeur, elle jeta ses cartes sur la table et alla se pelotonner sur son canapé préféré avec son portable, en se rendant inaccessible.

« Vous ne pouvez pas m'obliger à me coucher tôt si je n'en ai pas envie, avait-elle crié à Beatrice un des premiers soirs. J'ai quinze ans. Je ne suis plus une enfant. »

— Je ne vous conseille pas de vous échapper, avait répondu Beatrice. J'ai prévenu le personnel. On vous ramènerait aussitôt à moi. Si je ne peux pas vous faire confiance, vous dormirez par terre dans ma chambre. Que dites-vous à cela ?

Mon frère s'y opposerait », avait marmonné Mattea.

Elle s'était toutefois gardée de vérifier le bien-fondé de sa théorie et n'avait pas cherché à désobéir.

Cette conversation sur ses relations familiales avait manifestement perturbé l'adolescente, dont il fallait craindre un acte de rébellion. Aussi Beatrice prit-elle ses précautions en descendant voir Mme Morse à l'heure du coucher.

— J'ai l'impression que Mattea risque de faire des siennes. Je vais attendre tranquillement au rez-de-chaussée.

Mme Morse soupira.

— Elle est trop sage, ces derniers temps. Ce n'est pas normal. Venez, je vais vous montrer par où elle passe d'habitude.

C'était encore une belle soirée d'été. Des myriades d'étoiles brillaient dans le ciel. Beatrice s'installa sur un banc dans le jardin, un peu en retrait, mais juste en face de la fenêtre de Mattea.

Tout en surveillant la chambre de la jeune fille située au premier étage, elle s'évada en pensée et songea à Cesare. En particulier, à la curieuse façon dont il l'observait depuis quelque temps.

Elle exhala un long soupir.

Il n'était pas fiancé. Pas encore.

Elle le savait.

À sa grande honte, elle s'en assurait tous les jours avant de se lever en consultant les actualités sur son portable. Chaque matin, invariablement, dès l'instant où elle se réveillait.

Dans le secret de sa chambre, elle pouvait se laisser aller, suivre le contour de son ventre qui s'arrondissait, imaginer les futures joies de la maternité. Ensuite, elle se préparait à endosser son rôle de préceptrice intransigeante, lissait ses cheveux en arrière, les nouait en un chignon sévère, chaussait ses grosses lunettes et dissimulait sa silhouette sous une robe ample.

Chaque matin, le soulagement succédait à la honte et un vague espoir renaissait.

À l'instar de l'adolescente de quinze ans dont elle avait la charge, elle espérait de toutes ses forces que ce mariage n'ait pas lieu.

Elle se demandait parfois si ce désir coupable ne relevait pas de la pathologie...

— Quelle belle soirée !

La voix grave de Cesare la tira de ses réflexions. Était-elle en train de rêver ? La douce nuit étoilée, propice à la rêverie, exhalait des parfums de fleurs et de romarin.

Beatrice se pinça. Cesare était toujours là, en chair et en os. Sa silhouette émergea lentement de l'ombre. Le cœur battant, elle figea un sourire poli sur ses lèvres.

— Oui, très agréable, répliqua-t-elle.

Il s'approcha nonchalamment.

— Je fais toujours une promenade digestive après dîner, mais c'est la première fois que je vous croise dans le jardin.

La jeune femme tenta désespérément de surmonter son trouble. En présence de cet homme, elle se sentait horriblement vulnérable. Il fallait réagir, ne pas céder aux souvenirs qui remontaient infailliblement à sa mémoire.

Elle refoula les images de cette incroyable nuit vénitienne, avec le petit pont au clair de lune, la musique, la folle passion d'une rencontre sans lendemain...

L'inconnu d'un soir avait entrouvert la porte d'un merveilleux territoire, encore inexploré.

Elle regrettait presque de l'avoir retrouvé sous les traits de Cesare Chiavari. C'était insupportable.

Puisqu'il ne la reconnaissait pas...

Beatrice s'admonesta intérieurement. Ce n'était pas la peine de se désoler. Cela ne menait à rien.

Elle posa les mains sur ses genoux et se redressa.

— Je savoure la douceur du climat toscan, monsieur Chiavari.

Il s'arrêta devant elle et l'observa longuement, de pied en cap.

Puis, à son immense surprise, il s'assit sur le banc, à côté d'elle.

Beaucoup trop près, se dit-elle, saisie par la panique.

Calme-toi. Il ne sait pas qui tu es. Il ne t'a pas reconnue. Pour lui, tu es seulement la préceptrice de sa demi-sœur.

— Vous pouvez m'appeler Cesare, suggéra-t-il.

« Après tout, Beatrice, nous sommes tous les deux engagés dans la même entreprise, n'est-ce pas ?

Comme si sa suggestion de l'appeler Cesare n'était pas en soi assez choquante, la sonorité de son prénom, sur ses lèvres, la bouleversa. Elle en avait tellement rêvé ! C'était tout simplement délicieux, semblable à du miel coulant dans ses veines.

Un vrai désastre.

— Je préfère m'en tenir à des relations plus formelles, répondit-elle d'une voix plus tremblante qu'elle n'aurait voulu.

— Pas moi.

Beatrice s'obligea à ne pas réagir, malgré le feu qui ravageait tout son être. Elle serra les poings convulsivement, jusqu'à enfoncer les ongles dans ses paumes. Il ne fallait se trahir à aucun prix. Jamais elle ne se pardonnerait qu'il devine les émotions qu'il suscitait.

Elle fit de son mieux pour exsuder une parfaite maîtrise

de soi. Mais pour la première fois depuis de longues années, elle douta d'y parvenir.

— C'est vous qui décidez.

« Naturellement. Le dernier mot vous appartient. C'est vous qui l'emportez, ajouta-t-elle avec une pointe de provocation.

Son rire la surprit. Elle ne s'y attendait pas et ne l'avait pas entendu depuis Venise. Pas dans la vraie vie. Mais il n'avait cessé de l'accompagner dans sa tête, comme une caresse. Elle s'en rendit compte à cet instant.

Il ne fallait pas tomber dans le piège.

Si elle avait eu une once de bon sens, elle se serait levée et serait partie.

Elle n'en fit rien.

— Évidemment, dit-il au bout d'un moment. Je suis heureux que vous en conveniez.

Beatrice ne comprenait pas ce qui se passait. La tête lui tournait. Était-ce à cause de la façon bizarre dont Cesare la regardait depuis un certain temps ? Elle n'osait pas imaginer que cela avait quelque chose à voir avec le report de ses fiançailles. C'était pure folie.

La seule présence de Cesare Chiavari suffisait à l'embarrasser, mais elle espérait très fort qu'il ne s'en rende pas compte.

Elle se concentra sur sa posture et la fermeté de sa voix.

— Je surveille les fenêtres de la chambre de votre sœur, déclara-t-elle le plus posément possible. Je crains qu'elle ne fasse des siennes ce soir, car j'ai eu le tort de la questionner sur ses émotions. Elle refuse de les affronter et préfère se mettre en difficulté d'une manière plus familière, c'est-à-dire en faisant des bêtises.

— N'est-ce pas plus compliqué de déplacer le problème, au contraire ?

— Non, cela permet d'attirer l'attention sur autre chose, expliqua Beatrice du ton docte qu'elle réservait d'habitude aux jeunes professeurs inexpérimentés.

Elle aurait voulu se boucher le nez pour ne pas sentir son odeur, un délicieux mélange de pin et de vétiver. Elle se remémora le goût de ses baisers. Aussitôt, ses seins se gonflèrent et s'alourdirent irrésistiblement sous sa robe...

— Les adolescents cherchent inconsciemment à se faire punir, reprit-elle. Ils se sentent incompris et en veulent à la terre entière. C'est infiniment plus confortable que d'analyser ses émotions et en parler. La plupart des gens évitent soigneusement les situations qui les rendent vulnérables.

— Mais pas vous, Beatrice. Vous avez un caractère bien trempé qui vous permet de résoudre les problèmes affectifs.

Elle esquissa un sourire contraint.

— Orpheline très tôt, j'ai toujours eu conscience de mes fragilités. Paradoxalement, cela m'a aidée.

— Je suis moi aussi orphelin. Mes deux parents sont morts.

Assez imprudemment, elle se tourna vers lui et fronça les sourcils.

— Nos situations n'ont rien de commun. Vous possédez une immense fortune, alors que je suis très pauvre. J'ai dû me battre pour trouver ma place. En plus, je suis une femme, ce qui constitue un écueil supplémentaire.

— Vous n'êtes pas la seule à souffrir et à regretter vos parents, Beatrice.

Sa remarque la piqua au vif.

— Je n'ai jamais dit cela.

Il la dévisagea longuement.

— Je reconnais volontiers que je suis très privilégié, mais j'en ai payé le prix. Moi aussi, j'ai dû batailler, Beatrice.

« À dix-huit ans, je me suis retrouvé à la tête de l'empire Chiavari et j'ai dû assumer seul des responsabilités écrasantes, dans un monde de requins. Autour de moi, les vautours retenaient leur souffle et guettaient le moindre de mes faux pas.

Beatrice avait l'impression de perdre pied. D'un côté, elle avait envie de prolonger indéfiniment cette entrevue au clair de lune. Mais d'un autre, tout risquait de basculer hors de contrôle.

Il fallait sauver les apparences. Coûte que coûte.

— Que serait-il arrivé, en cas d'échec ? s'enquit-elle en maîtrisant difficilement le tremblement de sa voix. Vous auriez juste été un peu moins riche, c'est tout. Nous sommes très différents, vous et moi.

Elle poussa un soupir.

« Mais cela n'a rien à voir avec la perte de vos parents. Pardonnez-moi.

Il réfléchit un instant.

— Je m'étonne que vous ayez passé tant d'années à vous occuper de gens que vous méprisez, Beatrice.

À son tour, maintenant, de manier le sarcasme…

Il se rapprocha encore, si près qu'elle tressaillit. Puis,

il prit son menton entre le pouce et l'index, exactement comme à Venise, en cette nuit fatidique.

— En fait, vous jouez la comédie. Que diraient vos chers collègues, si je leur annonçais la vérité ?

De quoi parlait-il ? Elle n'était plus sûre de rien. Un danger imminent la menaçait.

Elle s'écarta brusquement et se leva. Le contact des doigts de Cesare sur sa peau était d'autant plus insupportable qu'il la scrutait sans ménagement.

Allait-il la percer à jour ? Tout deviner ? Non, c'était impossible.

— J'ai quitté mes fonctions à *Averell Academy*, articula-t-elle le plus doucement possible. Vous pouvez donc raconter ce que vous voulez à qui vous voulez, cela n'a aucune importance. Et si notre arrangement ne vous convient plus, je vous saurais gré de me régler mon dû au prorata du temps effectué.

Les mots étaient sortis tout seuls, elle en fut la première surprise mais réussit à n'en rien montrer.

— Il n'est pas question de cela, dit-il en souriant.

Désemparée, Beatrice ne savait plus quoi penser.

Elle se sentait acculée, au pied du mur, mais en même temps paralysée par le doute.

Morte de peur, elle espérait l'impossible et le redoutait tout à la fois.

De nouveau, il se mit à rire.

Au même moment, il lui indiqua d'un coup de menton les fenêtres de Mattea et elle revint brusquement à la réalité. L'adolescente était en train d'enjamber la balustrade du balcon...

Machinalement, Beatrice recula pour se dissimuler dans l'ombre, mais effleura le corps de Cesare. Comme pour se défendre, elle croisa les bras sur sa poitrine.

— Où va-t-elle ? murmura Cesare.

— Elle a tout à fait conscience qu'elle ne pourra pas s'échapper, répliqua Beatrice tranquillement. Donc, elle a une autre idée en tête.

— Dans votre infinie sagesse, vous savez probablement quoi ? Et quelle attitude adopter ?

En ce moment précis, Beatrice se sentait curieusement proche de la jeune Mattea, comme si elle se disputait avec elle l'attention pleine et entière de Cesare. Si elle avait eu un brin de jugeote, elle serait repartie dès son arrivée dans cette maison, à la minute où elle avait reconnu l'identité de son hôte.

Comme il était de toute façon trop tard, elle réfléchit à la tactique à suivre. Il importait avant tout d'agir pour le bien de Mattea.

— Votre sœur cherche à accaparer votre attention par n'importe quel moyen, le meilleur étant sans doute de provoquer votre colère. Apparemment, elle sait comment s'y prendre et y parvient très bien.

— Encore une fois, vous sous-entendez que je ne m'occupe pas assez d'elle ?

Beatrice lui décocha un regard circonspect, mais sans répondre directement.

— Son comportement irréprochable de ces derniers temps s'explique probablement par l'intérêt soutenu que je lui porte. Pendant toute cette année à *Averell*, son seul objectif a consisté à monopoliser l'attention des figures d'autorité, de toutes les manières possibles, même les plus discutables. Elle n'y était sans doute pas parvenue avec les membres de sa famille.

Comme Cesare se renfermait dans le silence, Beatrice s'exhorta à la prudence. Sa nuit passée avec cet homme ne lui donnait pas accès à ses pensées. En ce moment précis, elle ignorait ce qu'il avait en tête.

Elle ne s'interrogea pas longtemps.

— Si vous trouvez que je la néglige, soyez assurée que ce n'est rien en comparaison de la désaffection qu'elle a subie de la part de ses père et mère.

Beatrice réprima à grand-peine le tremblement qui l'agitait au plus profond d'elle-même.

Elle n'osait plus le regarder.

— Il faut juste jouer au plus malin, suggéra-t-elle en s'efforçant de garder son calme.

« Si je comprends bien votre sœur, elle se livre à une guerre des nerfs psychologique. Elle va commettre des actes de provocation pour vous pousser à bout et déclencher votre fureur. Ne réagissez pas. Au lieu de vous fâcher, réparez tranquillement les dégâts sans avoir l'air affecté. Cela apaisera ses ardeurs incendiaires, au propre comme au figuré.

— Cela ne me semble pas très éducatif, grommela-t-il. Ne devrais-je pas plutôt lui enseigner le sens des responsabilités en l'obligeant à assumer les conséquences de ses mauvaises actions ?

— Cela dépend des gens. Une telle stratégie ne marcherait assurément pas avec *vous*. Mais Mattea est absolument rétive à tous les sermons et aux leçons de morale. Elle en a reçu toute sa vie et n'en a que faire.

Le bleu de ses yeux la fascinait. Elle y avait lu naguère tant de passion qu'elle avait bien failli se perdre à tout jamais. La froideur qui s'y reflétait maintenant la mettait en déroute. Les forces lui manquaient pour l'affronter.

Néanmoins, Beatrice réussit une fois de plus à feindre l'indifférence.

Elle sourit à Cesare comme si la situation ne la concernait pas le moins du monde.

— Libre à vous, bien sûr. C'est vous qui décidez.

6

Beatrice avait tout à fait raison et avait bien interprété les intentions de Mattea. Cesare dut en convenir et se félicita d'avoir choisi la bonne personne pour le job. Certes, il avait payé le prix fort, mais ne le regrettait pas.

La nuit où ils s'étaient croisés dans le jardin, Mattea s'était laissée glisser le long de la façade en s'aidant de la vigne vierge et du treillis. Arrivée en bas, elle s'était dirigée vers les dépendances pour y semer un désordre effroyable. On aurait dit qu'une tornade avait déferlé.

Cesare avait tout fait ranger le lendemain matin par les domestiques, en leur recommandant de s'abstenir de tout commentaire. Beatrice lui avait confirmé un peu plus tard que l'adolescente était sidérée par l'absence de représailles, beaucoup plus perturbante que la punition attendue.

Ils avaient atteint leur objectif.

Naturellement, cela n'avait pas empêché Mattea de récidiver à plusieurs reprises.

Cesare avait répondu de la même manière à chacune de ses provocations. Il la faisait surveiller discrètement, en donnant pour consigne de ne pas lui mettre de bâtons dans les roues, mais de réparer tranquillement les dégâts occasionnés. Les tentatives infructueuses de Mattea s'étaient peu à peu espacées, puis complètement calmées.

Son comportement s'était assagi de lui-même, comme par miracle, sans menaces ni punitions.

Cesare ne comprenait pas pourquoi cela l'énervait.

En réalité, c'était Beatrice qui l'énervait, sans qu'il sache très bien pourquoi. Il se réjouissait des résultats obtenus tout en se défiant mystérieusement des pouvoirs de cette femme et de son ascendant, non seulement sur Mattea, mais aussi sur lui.

Cela devenait problématique.

De plus, il n'arrivait pas à se débarrasser du songe obsédant qui le ramenait toujours à la belle inconnue de Venise.

Il évitait soigneusement Beatrice Higginbotham depuis le soir où, en proie à une hallucination, il l'avait confondue avec l'image de son rêve en l'apercevant sur un banc du jardin.

Il continuait néanmoins à s'entretenir avec elle une fois par semaine au sujet de Mattea.

On était maintenant fin juillet. Miss Higginbotham resplendissait, comme animée par un feu intérieur. Il ne comprenait pas ce qui l'attirait chez cette préceptrice rigide...

— Puis-je me permettre de vous poser une question personnelle ? demanda-t-elle sur le ton guindé et légèrement ironique qui la caractérisait.

— Ce n'est pas dans nos conventions, mais je vous écoute, répondit-il.

Les yeux noisette plongèrent dans les siens, sans ciller.

— On m'a présenté cet emploi comme temporaire, plus précisément jusqu'à vos fiançailles et votre mariage au cours de l'été. Avez-vous fixé une date ?

Pourquoi l'évocation de cet événement lui sembla-t-il tout à coup aussi incongru ?

Et pourquoi tardait-il autant à concrétiser un objectif qu'il s'était fixé ?

Décidément, il ne se reconnaissait pas.

Un mélange de stupéfaction et d'arrogance se peignit sur ses traits.

— Vous êtes pressée de partir ?

— Le mois d'août commence demain. Le temps passe vite.

Cesare se renfonça dans son fauteuil. Il avait bien fait de changer le lieu du rendez-vous pour la rencontrer dans son bureau. C'était plus formel et rassurant que la terrasse au soleil couchant. Il avait en outre la lettre de son père sous les yeux pour le rappeler à son devoir.

— N'ayez aucune inquiétude pour moi, ironisa-t-il. Je peux me marier quand il me plaira, demain si je le souhaite. Ce ne sont pas les candidates qui manquent.

Une étincelle malicieuse éclaira le regard de Beatrice.

— Je n'en doute pas. En l'occurrence, il ne s'agit pas de vous, mais de moi. Je serai obligée de partir à la fin du mois d'août.

Elle rougit légèrement quand il haussa un sourcil narquois. Pourquoi se plaisait-il à la mettre dans l'embarras ?

— C'était convenu ainsi, ajouta-t-elle.

Il n'avait aucune raison de se formaliser ni de s'irriter.

Que lui importait cette préceptrice collet monté, arc-boutée sur ses principes ?

— J'ai l'intention de donner une grande réception, l'informa-t-il soudain, sans réfléchir. L'élue de mon cœur sera là et j'en profiterai pour faire ma demande en mariage. Si toutefois vous m'y autorisez, Miss Higginbotham.

« Cela vous convient ?

L'atmosphère, déjà chargée de tensions, s'alourdit.

— Excusez-moi si j'ai empiété sur les convenances, murmura Beatrice. J'ai mes propres obligations, vous pouvez aussi le comprendre.

Il lui refusa son indulgence, et ne se montra pas mieux disposé à l'égard de Mme Morse lorsqu'il lui annonça sa décision précipitée d'organiser une soirée.

— La semaine prochaine ? bredouilla-t-elle, prise de court.

— Absolument. Je lance les invitations.

Il avait engagé l'indomptable gouvernante au moment de quitter l'Angleterre, juste après ses études, pour s'occuper de la vaste demeure des Chiavari à son retour en Toscane. Elle gérait avec maestria la *public school* où il était pensionnaire et il la tenait en haute estime. C'était une perle rare.

Fidèle à elle-même, Mme Morse se rangea docilement à ses ordres.

— Très bien, M. Chiavari, je ferai de mon mieux pour la réussite de cette petite fête improvisée.

Et elle tint parole.

Peu de gens pouvaient se targuer de réunir toutes leurs relations au pied levé au beau milieu de l'été, quand tout le monde était en vacances.

Cesare Chiavari n'était pas n'importe qui. Tous les convives se sentirent très honorés et acceptèrent avec empressement. Qui, en Europe, ne rêvait d'être admis dans le célèbre manoir des Chiavari, le joyau de la Toscane ? Pour prouver sa magnanimité, et peut-être s'attirer les bonnes grâces de Mattea, son frère lui permit d'inviter quelques amies.

Bizarrement, plus l'événement approchait, plus il était... inquiet.

Ce n'était pas de la nervosité. Cesare avait un self-control à toute épreuve.

Néanmoins, il dormait mal. Plusieurs fois dans la journée, il regardait la bague de fiançailles dans son écrin et essayait de l'imaginer au doigt de Marielle.

Il n'y parvenait pas.

Le bijou avait appartenu à sa grand-mère, morte avant sa naissance. Malgré lui, il rêvait des longues et belles mains de l'inconnue de Venise. Il les revoyait recroquevillées sur le drap de lit. Il sentait encore les griffures qu'elle avait laissées sur son dos et qui avaient mis beaucoup de temps à disparaître, à son grand regret d'ailleurs.

Pour comble d'incohérence et d'absurdité, dès qu'il fermait les paupières, l'image de Beatrice hantait son sommeil.

Quelque chose, chez cette femme, le rendait fou.

C'était ridicule.

En dépit, de tout, Cesare ne doutait pas de l'heureuse issue de sa réception.

Ce soir, il demanderait Marielle en mariage. Enfin. Elle ferait une parfaite épouse. Une nouvelle ère Chiavari s'annonçait.

Il aurait dû se réjouir à l'idée de cette joyeuse perspective. La décision datait du début de l'année et il était temps de passer à l'acte.

Cesare essayait de se convaincre qu'il était content. Curieusement, il n'y arrivait pas. Un poids l'oppressait inexplicablement.

Les invités étaient arrivés tout au long de la journée. On les avait confortablement installés dans leurs appartements à l'intérieur de la villa, ou dans les cottages disséminés dans le domaine. Mme Morse, aidée de tous les domestiques, s'était surpassée. Tout était prêt.

Mattea avait mis un bémol à ses frasques nocturnes. La veille au soir, elle s'était contentée d'aller s'asseoir au bord du lac pour rêvasser. Il n'y avait pas eu de bêtises à réparer.

« Prenez-le comme un cadeau de mariage », avait suggéré Beatrice Higginbotham d'un ton doucereux.

Debout en bas du grand escalier, Cesare se préparait mentalement à entamer sa vie future. *Avec satisfaction.*

Marielle apparut tout en haut, dans une toilette étincelante, très consciente de sa beauté. Elle prit son temps pour descendre et permettre à chacun, surtout à Cesare, de l'admirer.

Ce qu'il fit. Naturellement.

Mattea qui arrivait en même temps de l'autre côté du double escalier, dévala les marches à toute vitesse et fit une grimace en passant devant lui. Il ne prit pas la peine de répondre à son insolence.

Son attention se porta sur la personne qui la suivait. Vêtue d'une robe presque aussi terne que d'habitude, Beatrice Higginbotham faisait tout son possible pour passer inaperçue, comme à l'ordinaire. Il lui sembla pourtant qu'elle avait mis une touche de rouge à lèvres. Chez elle, cette touche de fantaisie avait de quoi surprendre.

Brusquement, de façon irrévocable, une vérité fâcheuse, très déplaisante, qu'il évitait depuis très longtemps, lui sauta aux yeux.

À sa gauche se trouvait Marielle, un modèle d'élégance et de beauté que tous les hommes rêvaient de conquérir tellement elle paraissait inaccessible. Blonde et mince, elle glissait plutôt qu'elle ne marchait. Son cou gracile semblait fait pour porter des colliers de diamants et de pierres précieuses. Elle avait l'art de se mettre en valeur et paraîtrait toujours à son avantage sur les photos. Elle n'avait pas besoin de se forcer pour créer une impression favorable.

À sa droite se tenait une femme que ses grosses lunettes faisaient ressembler à une chouette. Avec son air perpétuellement critique et réprobateur, ses vêtements sombres et informes qui cachaient mal ses rondeurs, elle n'avait rien pour retenir le regard. Cependant, elle attirait inexplicablement l'intérêt, sinon la sympathie. Même l'indomptable Mme Morse avait été conquise, à l'instar de toute la maisonnée.

Impossible d'ignorer plus longtemps l'évidence. Cesare avait passé un nombre incalculable d'heures à fantasmer sur la préceptrice, en particulier sur ses cheveux. Il brûlait d'envie de défaire son chignon pour déployer ses mèches brunes et répandre leur parfum. Il les imaginait soyeuses au toucher, lisses et capiteuses.

Ce n'était pas sa seule obsession.

Sans qu'il comprenne pourquoi, elle occupait continuellement son esprit. C'est seulement maintenant, en la voyant côte à côte avec Marielle, qu'il se rendait pleinement compte de son attirance inexplicable.

En fait, il n'éprouvait aucun désir pour la fiancée qu'il s'était choisie.

En tout cas, elle n'exerçait pas la fascination mystérieuse qu'il ressentait à l'égard de Beatrice Higginbotham, et qui le confondait.

Parfois, il avait l'impression de croiser une lueur de connivence dans ses yeux noisette, comme si elle lisait en lui.

Loin de l'aider, cela le perturbait davantage.

L'aristocrate blonde arriva en bas des marches et s'immobilisa devant lui. Manifestement, elle espérait un compliment ou une marque d'attention.

Aucun mot ne se présenta à son esprit. Pourquoi se sentait-il pris de court ?

— Je n'ai pas beaucoup d'exigences, déclara Marielle au bout d'un moment. Mais vous pourriez au moins dire quelque chose.

Avec son sourire éclatant, elle ne doutait pas de faire mouche. Pourtant, il demeura de marbre. Il l'aurait préférée plus naturelle, moins enjôleuse. Peut-être plus critique. Sa bonne éducation, ses manières parfaites ne laissaient aucune place à la spontanéité.

La préceptrice passa derrière eux, totalement inaperçue par Marielle.

Il aurait dû en être de même pour lui. Après tout, elle n'était qu'une employée à son service, pas davantage.

— Excusez-moi, Marielle, dit Cesare en glissant un bras sous le sien. Je suis tout à vous.

Rien n'était plus faux. Les pas de Beatrice continuèrent à résonner à ses oreilles tandis qu'elle se dirigeait vers le grand salon, probablement à la recherche de Mattea et des amies qui l'avaient rejointe pour le week-end.

Cesare aurait dû s'en remettre complètement à Miss Higginbotham pour surveiller sa sœur. Elle était payée pour cela, très bien en plus. Néanmoins, en ne voyant aucune adolescente dans les salles de réception, il commença à se poser des questions.

Son esprit vagabondait malgré lui. À plusieurs reprises, il perdit le fil de la conversation. De toute manière, ces échanges de banalités n'avaient rien de passionnant. Parfois, les mondanités l'assommaient. Supporterait-il toute sa vie ces bavardages insipides pendant des cocktails et des dîners interminables ? Les habitués de ce genre de soirées, rompus à l'art de parler pour ne rien dire, menaient des existences bien creuses et superficielles…

S'écartant légèrement, il observa Marielle. Préparée dès le berceau à la vie de salon, elle excellait dans l'art de la conversation. Il l'avait d'ailleurs choisie pour ses compétences sociales.

Elle possédait toutes les qualités requises pour faire une bonne épouse. Virginale, elle n'avait cependant pas été élevée dans une tour d'ivoire et avait reçu une solide éducation. Brillante intellectuellement, elle pratiquait le sport régulièrement, en particulier la course à pied. Elle s'intéressait à de nombreux sujets. Après ses études, elle s'était engagée dans le bénévolat avec beaucoup d'abnégation, pas seulement pour s'occuper en attendant de se marier, comme nombre de riches héritières. Cesare lui reconnaissait volontiers ce mérite.

Avant tout, Marielle avait été élevée dans la perspective de faire honneur à son milieu. De haut lignage, elle avait des exigences et ne se marierait pas au-dessous de sa condition. Elle avait opposé ses propres questions à celles de Cesare. Il lui fallait des assurances sur la fortune des Chiavari, leur réputation dans le monde et la pureté de leurs origines. Ses futurs enfants seraient les nobles descendants de deux illustres familles.

C'était une femme consciente de sa valeur et qui entendait bien être traitée avec tous les égards.

Cependant, plus Cesare la regardait, moins il la jugeait séduisante. Certes, elle éblouissait mais, comme un bel objet, elle avait besoin de lumière pour être mise en relief. Seule, privée de point de comparaison, elle perdait singulièrement de son intérêt.

Il s'éloigna. Ses devoirs de maître de maison le réclamaient. Il n'avait pas encore salué tous les invités.

Faisant fi de ces considérations, il partit à la recherche de Mattea et de ses amies, qu'il trouva tout au bout de la maison, dans une pièce un peu à l'écart.

Au milieu du groupe, Beatrice attirait toute la lumière. On ne voyait qu'elle.

À sa vue, elle les quitta pour s'approcher de lui, non sans murmurer quelques paroles de recommandations.

— Vous avez certainement mieux à faire que de surveiller des enfants, M. Chiavari, lui dit-elle un peu sèchement.

Il ne releva pas le ton désagréable et ne la remit pas à sa place comme il aurait fait avec n'importe qui d'autre.

— Je m'assure simplement que tout va bien, répliqua-t-il.

Il avait surtout besoin de se convaincre lui-même, alors que sa présence était requise ailleurs, auprès de gens infiniment plus importants. Sa sœur avait les joues rouges et une lueur de malice dans les yeux, ce qui n'augurait généralement rien de bon.

— Elles ont l'air de comploter quelque chose, ajouta-t-il.

Beatrice ne le savait que trop.

— À leur âge, quoi de plus normal ? Les idées ne leur manquent pas, mais je ferai mon possible pour réduire au minimum les dommages collatéraux.

— C'est votre rôle de les empêcher de nuire.

— Je ne pourrai pas les neutraliser complètement, M. Chiavari, observa Beatrice avec un sourire patient. Mais je compte bien limiter les dégâts et bloquer la diffusion de leurs facéties sur Internet. À cette fin, j'ai confisqué tous les téléphones portables. Les domestiques ont l'œil sur tout. Vous pouvez vous consacrer tranquillement à vos hôtes.

Cesare avait presque oublié sa réception !

Sa distraction lui mit une nouvelle fois la puce à l'oreille. Que lui arrivait-il ? Décidément, il avait l'impression de perdre la tête.

Il tâcha de se ressaisir.

Un peu plus tard dans la soirée, alors que tout le monde était assis à table, il se surprit encore à observer Beatrice au milieu des adolescentes. Quelques rires aigus s'échappaient du groupe, mais elle réussissait à contenir leur excitation et à maintenir le niveau sonore à des décibels acceptables.

Son insistance attira l'attention de Marielle, à sa droite, car elle suivit son regard, puis se tourna vers lui en affichant un sourire éclatant.

— J'ai très hâte de rencontrer votre sœur, Cesare.

Elle marqua une pause étudiée.

— Elle a l'air très... originale. Pleine de fantaisie.

Cesare ne supportait pas qu'on critique Mattea, même de façon voilée.

— Ma sœur n'a pas eu la vie facile, remarqua-t-il doucement.

Marielle posa ostensiblement sa main sur la sienne, sur la nappe.

— J'espère sincèrement lui servir de modèle pendant ses années de formation. Une réputation est un héritage en devenir, n'est-ce pas ? Elle se conquiert parfois indépendamment de sa volonté.

Cesare n'avait aucune envie de parler de Mattea avec Marielle. Curieusement, il ne lui était jamais venu à l'esprit que sa future femme s'occuperait de son éducation.

Cette idée le rebutait.

Dans ce domaine, une seule personne avait sa confiance. Il n'autoriserait personne d'autre à punir sa sœur ou lui faire des remontrances.

En outre, il n'était pas du tout certain que Marielle soit un bon exemple...

— Marielle, commença-t-il en retirant sa main.

Une expression de panique se peignit sur les traits de Marielle, vite remplacée par une sorte de détermination farouche.

Sans lui laisser le temps de réagir, elle se pencha vers lui et déposa un baiser sur sa bouche.

Puis elle se redressa avec un rire forcé, tellement incongru que tous les convives se turent. Manifestement, c'était l'effet recherché.

— Cesare et moi allons nous marier, s'écria-t-elle en croisant les mains sur sa poitrine.

En toute honnêteté, Cesare ne pouvait pas lui en vouloir. Il avait déjà vaguement évoqué leurs fiançailles, mais sans jamais revenir sur le sujet. Quelle importance si elle le mettait au pied du mur devant tout le monde ? Après tout, c'était seulement un mariage de raison.

Au moins, c'était fait. Elle versa même une petite larme quand on se pressa autour d'eux pour les féliciter.

Plus question de revenir en arrière… songea Cesare tout en glissant un regard vers le bout de la table. La mine impassible de Mattea l'inquiéta.

Quant à Beatrice, elle fixait obstinément son assiette. Avertie par une sorte de sixième sens, elle leva les yeux.

Quelque chose d'étrange se produisit à ce moment-là.

Un signe de reconnaissance, un aveu tacite mais qui arrivait trop tard…

Horriblement oppressé, Cesare se sentit démuni, incapable d'analyser la situation.

Malheureusement, il était maintenant bel et bien fiancé.

7

Beatrice se réveilla le lendemain matin avec la conscience d'une mission à accomplir.

Elle se déplaça sans bruit dans la demeure en s'étonnant d'avoir réussi à garder bonne figure.

Elle n'était pas sortie tout à fait indemne de la soirée, mais ne s'était pas effondrée sous le choc lorsque Cesare l'avait fixée de son regard de braise, en plein milieu de l'annonce de ses fiançailles. Dieu merci, personne n'avait rien remarqué. Du moins elle l'espérait. Le pire avait été évité.

De l'extérieur, elle paraissait invulnérable, alors qu'au-dedans elle avait le cœur brisé. Ne guérirait-elle jamais ?

D'abord abasourdie par la proclamation de Marielle, Mattea n'avait pas tardé à surmonter son abattement. Elle avait juré haut et fort qu'elle s'appliquerait à rendre cette soirée mémorable.

« Je ne vous le conseille pas », avait rétorqué Beatrice.

Sans surprise, les filles s'étaient déchaînées en se trémoussant à qui mieux mieux sur la piste de danse. Les plus effrontées avaient volé des bouteilles pour les boire en cachette. Beatrice avait fini par toutes les conduire dans les appartements de Mattea où elles avaient mis la musique à tue-tête. Mystérieusement, personne n'était monté se plaindre. En bas, la fête avait continué à battre son plein une bonne partie de la nuit.

La fête de fiançailles, répétait insidieusement une petite voix à l'intérieur de Beatrice.

Les filles avaient réclamé une connexion Internet à cor et à cri. De guerre lasse, elles avaient commencé à hurler et à courir dans tous les sens. Beatrice avait ôté hors de leur portée les objets les plus fragiles et précieux.

Un peu plus tard, elle avait posé des poches de glace sur les fronts moites et accompagné plusieurs malades aux toilettes. Elles étaient punies de leurs excès...

Ce matin, au lieu de les laisser dormir, elle jugea préférable de leur donner une bonne leçon.

Ignorant les geignements et les protestations, elle les tira du lit, distribua quelques cachets contre la migraine et les obligea à boire chacune un demi-litre d'eau. À la suite de quoi, elle les emmena dehors prendre un peu d'exercice à travers les vignes.

Elles rentrèrent au bout de quelques kilomètres de marche à pied. La cuisinière avait préparé un solide petit déjeuner pour éponger les excès de la veille. Une bonne douche acheva de remettre tout le monde d'aplomb. Il était presque midi quand le chauffeur reconduisit les amies de Mattea à l'aéroport.

Beatrice ne s'autorisait pas une seule pensée concernant Cesare. Elle ne voulait surtout pas imaginer comment il avait passé sa nuit de fiançailles.

En regagnant les appartements de Mattea, elle trouva

cette dernière roulée en boule sur son canapé préféré, les yeux mi-clos, partagée entre l'envie de dormir ou de pleurer à chaudes larmes.

Elle l'ignora complètement et entreprit un grand rangement, tira les rideaux pour ouvrir les fenêtres et aérer. Tôt ou tard, Mattea finirait par émerger.

Beatrice était contente de travailler, d'avoir de quoi s'occuper. Cela lui évitait de réfléchir et de se lamenter.

De temps à autre, fugacement, une pensée, toujours la même, lui traversait l'esprit. À chaque fois, la stupeur l'hébétait.

Cesare était fiancé. Il allait se marier.

Ce n'était plus une éventualité, quelque chose à vérifier sur son portable tous les matins. Maintenant, c'était une certitude. Elle avait assisté à la scène, de ses propres yeux.

Malgré tout, il était clair que Cesare avait été dépassé par les événements. Marielle lui avait en quelque sorte forcé la main.

Cependant, il n'avait pas émis de protestation.

Bizarrement, il avait regardé Beatrice, qui était sur le point de se lever pour remonter jusqu'à lui la longue table du banquet. Mais pour quoi faire ? Le sauver ? Le gifler ?

Elle n'avait aucun droit sur lui...

Les filles l'avaient tirée d'embarras quand elles avaient commencé à faire les folles. Elle s'était alors occupée à les calmer au lieu d'écouter les félicitations adressées au père de son enfant, désormais fiancé à une autre.

Accaparée par Mattea et ses amies, elle les avait empêchées de commettre trop de bêtises. Sinon, elle se serait affalée dans un fauteuil, roulée en boule, les mains croisées sur le ventre, à se remémorer une merveilleuse nuit d'amour qui paraissait de plus en plus lointaine.

— Pourquoi ne pouvez-vous pas rester tranquille ? maugréa Mattea en se rappelant à son attention.

— Cela ne sert à rien de se désespérer et de ruminer sa mauvaise humeur dans son coin, observa Beatrice, plus pour elle-même que pour Mattea.

Elle poursuivit son nettoyage avec acharnement, pendant que cette dernière continuait à gémir.

— Vous êtes punie d'avoir dépassé les bornes, ajouta-t-elle. Vous récoltez les fruits de vos écarts de conduite.

— Oh ! arrêtez, s'il vous plaît ! se plaignit Mattea. Vous ne pouvez pas parler comme tout le monde et dire tout simplement « Je vous avais prévenue, c'est bien fait pour vous ? »

Beatrice réprima un petit rire. Allongée sur le dos, sa protégée prenait une pose d'héroïne de tragédie, un bras replié sur les yeux, comme si un sort funeste la terrassait.

— Cela vous a fait plaisir, au moins, de revoir vos amies ? demanda la préceptrice en se radoucissant.

— Mmm.

Beatrice ne se laissa pas décourager par ce grognement inarticulé.

— Elles sont toutes pleines d'entrain et d'inventivité… Un séjour à *Averell Academy* leur ferait du bien.

Mattea se redressa en soupirant.

— Leurs parents ne se soucient pas beaucoup de leur scolarité. De toute façon, elles seront riches et indépendantes à dix-huit ans.

— Tout le monde n'a pas cette chance…

— J'ai hâte d'avoir la majorité. Je ferai enfin ce que je veux et personne ne pourra rien me dire.

— Je ne sais pas comment vous expliquer cela, Mattea, déclara Beatrice avec gravité. Vous vous bercez d'illusions en imaginant la vie en rose quand vous atteindrez l'âge adulte. L'insouciance de la jeunesse est un leurre et le temps passe très vite. Vous risquez d'être très déçue si vous idéalisez trop.

Elle outrepassait peut-être son rôle, mais c'était important de dire certaines choses.

Mattea leva les yeux au ciel.

— Vous parlez de votre point de vue. Mais nos situations ne sont pas comparables. Contrairement à vous, j'aurai beaucoup d'argent à ma disposition.

Beatrice se campa devant elle.

— Certes. J'ai dû me débrouiller toute seule. Mais ce faisant, j'ai gagné une indépendance pleine et entière, sans rien devoir à personne.

— Tant mieux pour vous, commenta Mattea avec une moue boudeuse.

Une lueur de curiosité, impossible à dissimuler, brilla néanmoins dans ses yeux. Elle s'ouvrait de plus en plus au dialogue.

— Je peux ravoir mon portable, maintenant ? lança-t-elle abruptement.

Beatrice fouilla au fond de sa poche et le tendit à Mattea, qui l'alluma distraitement, la mine soucieuse.

— En fait, je n'ai pas de vraies amies, confia-t-elle avec tristesse. Les filles que j'ai invitées sont juste bonnes à faire des bêtises avec moi. On s'amuse ensemble, mais il n'y a pas vraiment d'échanges.

Consciente de l'importance de cet aveu, Beatrice s'assit sur une chaise. Il ne fallait pas briser un instant aussi fragile.

— Vous êtes très populaire, Mattea, commença-t-elle après un long silence. Vous avez beaucoup de fans car vous adorez briller, attirer l'attention sur vous. Je vous ai bien observée, toute cette année, à *Averell*. Si j'avais voulu vous punir, je vous aurais mise à l'isolement. Parce que vous avez besoin d'un public pour vous épanouir.

Mattea haussa les épaules.

— On m'a obligée à suivre une thérapie. Apparemment, c'est grave de vouloir plaire à tout prix, de rechercher constamment l'approbation. C'est à cause d'un traumatisme dans mon enfance…

— Je comprends parfaitement, acquiesça Beatrice. Mais vous pouvez tirer parti de ces qualités dans un sens positif.

— Comme quoi ? Me lancer dans le marketing ?

Beatrice éclata de rire.

— Je songeais à une carrière plus prestigieuse. Dans le théâtre, par exemple. Vous avez des talents de comédienne.

Après un moment de surprise, une nostalgie poignante apparut sur le visage de l'adolescente.

Mais, très vite, une expression méprisante la remplaça.

— Comme ma mère ? Qui vous dit que j'ai envie de lui ressembler ?

— Le métier d'acteur est non seulement très noble, mais riche et passionnant. C'est un privilège de pouvoir se glisser dans la peau d'un personnage comme si on était quelqu'un d'autre. Un cadeau du ciel !

Mattea se leva comme un ressort et se mit à faire les cent pas. Visiblement, l'idée faisait mouche, constata Beatrice avec un mélange d'amusement et de compassion.

— Vous ne diriez pas cela si vous aviez connu ma mère, s'écria Mattea. On ne savait pas qui elle était, sous les apparences. C'était quelqu'un de creux… totalement insaisissable. Elle jouait des scènes et débitait des dialogues appris par cœur au hasard de ses castings, comme si cela suffisait à lui donner de la consistance.

— Ne soyez pas aussi dure. C'était une artiste accomplie…

— Elle a joué dans quelques bons films jusqu'à son mariage. Ensuite, elle s'est contentée d'un rôle de figurante dans la comédie du bonheur.

Estomaquée par ce jugement à l'emporte-pièce, Beatrice resta bouche bée. Elle n'avait vu que des photos de l'actrice, dont les cheveux blond lin et les yeux bleus magnifiques s'étaient imprimés dans sa mémoire.

— C'est juste une suggestion de ma part, pour exercer votre talent en explorant de nouvelles expériences.

Mattea haussa le ton, sans cesser d'arpenter la pièce.

— Si c'est pour lui ressembler, non merci ! Tout le monde vous admire quand les projecteurs sont allumés. Mais que se passe-t-il après, quand tout s'éteint et qu'on se retrouve dans le noir ?

Une fois de plus, Beatrice faillit rester sans voix. Comment réagir ? Ces mots révélaient un profond désarroi, qui la touchait profondément.

— Mattea…

— Notre mère aurait dû briller comme le phare qu'elle

était tout au long de son existence. Malheureusement, un sort tragique l'en a empêchée.

Elles se tournèrent toutes les deux en même temps vers la porte et découvrirent Cesare sur le seuil.

Beatrice le considéra d'un air abasourdi.

Même chez lui, elle le voyait toujours en costume, comme s'il ne quittait jamais son uniforme d'homme d'affaires.

Cet après-midi-là, contrairement à ses habitudes, il portait une tenue décontractée, un pantalon de jogging et un T-shirt gris qui moulait son torse musclé et faisait ressortir sa virilité. Inévitablement, des images de son corps dénudé assaillirent Beatrice.

Aussitôt, elle se réprimanda. Désormais, il appartenait à une autre.

Tu n'as plus le droit de penser à lui. Il a une fiancée. Ravissante, d'ailleurs. De quoi mourir de jalousie…

Mattea fixait elle aussi son frère avec stupéfaction. Un fol espoir se lisait dans ses yeux.

— Ce n'est pas sa faute si le feu qui brillait en elle s'est éteint trop tôt, expliqua Cesare à sa sœur. Certains hommes épris de beauté ne songent qu'à posséder et accaparer. Ils écrasent les plus fragiles et rejettent ensuite leurs erreurs sur autrui quand tout s'effondre autour d'eux.

— Tu le penses sincèrement ? articula Mattea faiblement. Je me souviens comme mon père hurlait et l'accablait de reproches. Il disait que ses jours de gloire appartenaient depuis longtemps au passé, qu'elle aurait dû lui être reconnaissante d'avoir trouvé refuge auprès de lui après être tombée dans l'oubli.

Cesare poussa un juron.

— Tu n'aurais jamais dû entendre cela. Je suis désolé pour toi.

— Elle avait tellement besoin d'être entourée ! s'écria Mattea. Elle s'étourdissait en allant de fête en fête, en provoquant des scandales à n'en plus finir. Je me sentais très seule. Mon père ne faisait pas du tout attention à moi, comme si je n'existais pas. Du coup… je me faisais remarquer comme je pouvais, avec mes moyens à moi.

Cesare lança un étrange regard à Beatrice, qui frissonna.

Avait-il deviné ? Non, c'était impossible…

En même temps, elle espérait secrètement qu'il se souvienne de la femme rencontrée à Venise.

Avec autant de ferveur qu'elle se souvenait de lui.

De folles images la submergèrent, menaçant de lui faire perdre pied.

Pourtant, il fallait tenir bon. Elle serait bientôt obligée d'oublier à tout jamais son séjour en Toscane, et jusqu'au nom de Chiavari.

— Tu as toujours été présente dans mon esprit, Mattea, reprit Cesare en reportant son attention sur sa sœur. Tu occupes depuis très longtemps la première place dans mes pensées. Je vais te dire quelque chose que j'aurais dû te révéler bien avant. Si je suis devenu ton tuteur, ce n'est pas parce que ton père voulait se débarrasser de toi ou se décharger sur moi. J'en ai moi-même fait la demande à un juge. Je trouvais qu'il te négligeait, qu'il ne faisait pas assez attention à toi.

Beatrice retint son souffle. Elle s'en voulait un peu de lui avoir reproché son désintérêt pour Mattea. Au moins, il l'avait écoutée. Cela portait ses fruits. Elle n'avait pas parlé dans le vide, puisqu'il trouvait enfin les mots pour rassurer sa sœur. Il était temps...

— Je ne te vois pas souvent, murmura Mattea tristement. Tu pourrais être plus présent...

Cesare parut sincèrement contrit.

— J'ai réalisé seulement hier soir que je ne t'avais jamais expliqué tout cela, dit-il avec un profond regret. À ton âge, je me formais déjà pour gérer des affaires et administrer un empire financier. On exigeait de moi une perfection sans faille. Je me pliais à cet impératif parce qu'il n'existait aucune solution.

« J'ai peut-être attendu inconsciemment la même chose de toi, alors que ton avenir se présente très différemment.

Il inclina la tête.

— Pardonne-moi, Mattea. Personne ne doit te porter ombrage. Surtout pas moi. Vis pleinement, sans te retenir. Tu as la vie devant toi.

Sa sœur baissa les yeux, comme si elle avait honte, brusquement, de s'être comportée aussi mal la veille au soir. Puis, un doute sembla l'assaillir.

— Tu ne viens jamais me voir ici, dans mes appartements. Vas-tu me renvoyer quelque part en pension, parce que je ne me suis pas bien tenue pendant la réception ?

— Ah ? Je n'ai rien remarqué.

Cesare glissa un œil interrogateur en direction de Beatrice.

— Comme promis, j'ai fait mon possible pour éviter l'escalade.

Elle réprima un soupir de soulagement quand son regard bleu se fixa de nouveau sur sa sœur.

— J'aurais aussi dû te parler plus en détail de mon mariage...

Mattea haussa les épaules avec une expression résignée.

— Je m'attendais à quelqu'un comme Marielle.

Beatrice serait partie depuis longtemps si elle avait pu. Cette conversation ne la concernait pas. Mais Cesare lui bloquait le passage. Elle pouvait difficilement passer devant lui, au risque de le frôler et de déchaîner des réminiscences importunes.

Elle ferma les paupières, comme si tout lui était égal. Peu importait ce qu'il soupçonnait, ce qu'il savait ou pas...

Une chose était sûre, en tout cas, elle n'avait pas la moindre envie de l'entendre parler de sa fiancée. Après cet été passé à le côtoyer, c'était au-dessus de ses forces.

Elle ne supportait plus rien.

— Que veux-tu dire ? demanda Cesare.

Il ne posait pas une question de pure forme. La réponse l'intéressait réellement.

« Je ne comprends pas ce que tu veux dire par *quelqu'un comme Marielle*.

Mattea retrouva d'un coup son assurance pleine de désinvolture.

— Une femme de la bonne société, qui te renvoie un reflet flatteur du monde dans lequel tu évolues. Ce mariage te conforte dans tes aspirations conventionnelles.

Beatrice garda les yeux baissés quand Cesare émit un petit sifflement réprobateur. Elle s'attendait de sa part à une défense en règle de sa fiancée.

Rien ne vint.

Absolument rien, se répéta-t-elle comme si cela la consolait personnellement.

Elle écarta cette pensée honteuse.

Cesare s'approcha et s'installa sur le divan déserté par Mattea. Il ramassa la télécommande et la pointa sur le mur d'en face.

— J'ai une idée. Si nous regardions un de ses films ?

Mattea sursauta.

— Un film... de notre mère ?

Cesare fit défiler un menu tout en tapotant un coussin à côté de lui.

— Je ne joue pas très bien la comédie, mais je suis un excellent négociateur, ce qui constitue déjà une sorte de performance, non ? Nous avons tous les deux hérité des qualités de notre mère. À ta place, j'y réfléchirais au lieu d'écouter les histoires qu'on raconte sur son compte. Même si c'est moi qui les raconte. Juge plutôt par toi-même.

— On me dit parfois que je lui ressemble, dit Mattea d'une toute petite voix. Généralement, pas très gentiment.

Son frère lui lança un regard clairement admiratif.

— Une beauté comme la sienne n'est pas forcément un cadeau. Dans son cas, c'était plutôt une malédiction. On se souvenait davantage de son visage que de sa personnalité. Elle se sentait réduite à une image, une simple apparence, et elle en souffrait.

Quand sa sœur s'installa à côté de lui, Beatrice voulut partir, mais ils protestèrent énergiquement, comme s'ils avaient peur de rester seuls tous les deux. Elle les observa pendant qu'ils regardaient leur mère sur l'écran.

Toutes sortes de questions l'assaillaient, mais elle se

mordit la langue pour ne pas les formuler tout haut. Où était Marielle ? Quelles mystérieuses raisons poussaient Cesare à resserrer les liens avec sa sœur ?

Cela signifiait-il la fin de son contrat ?

La perspective de quitter la Toscane la désolait. Pourtant, elle aurait dû se réjouir de s'en aller sans avoir trahi son secret.

Au début du deuxième film, elle descendit à la cuisine pour leur préparer une collation. La plupart des invités étaient repartis dans la matinée. La maison était tranquille et les domestiques prenaient un repos bien mérité après avoir tout rangé et nettoyé.

Beatrice remonta avec un plateau qu'elle posa sur une table basse et s'immobilisa.

Mattea s'était endormie, la tête sur l'épaule de son frère. Cesare ne regardait pas l'écran sur lequel sa mère figurait en gros plan. Il dévisageait ostensiblement Beatrice.

Elle se gratta nerveusement la gorge.

— Il faudrait lui trouver des cours de théâtre, bredouilla-t-elle gauchement. Elle est sûrement douée.

Cesare continua à la fixer sans rien dire.

« Si elle arrive à canaliser son énergie, elle arrêtera de faire des bêtises.

Elle se tut, trop embarrassée par l'insistance de Cesare qui ne la quittait pas des yeux. L'atmosphère se chargea d'électricité, comme avant un orage.

— Cessons de parler de ma sœur, voulez-vous ?

Beatrice perdit contenance. En proie à une panique indescriptible, elle ne savait plus quoi dire ni que faire.

Son cœur battait à tout rompre. Elle avait envie de s'enfuir en courant.

Ce fut pire encore quand Cesare s'écarta de Mattea, l'installa confortablement sur les coussins et se leva.

Il s'approcha. Ses pas résonnèrent contre les tempes de Beatrice dans un martèlement sourd. Elle allait s'évanouir.

Liquéfiée, elle recula au fur et à mesure qu'il avançait, mais se rendit compte trop tard de son erreur. Ils se retrouvèrent hors de la pièce, dans un petit salon et sans témoin.

Cesare semblait occuper tout l'espace.

Elle ne voyait plus que lui et respirait avec difficulté.

J'ai déjà vécu cela, songea-t-elle.

Fugacement, elle s'abandonna à cette sensation délicieuse, avant de réagir vigoureusement.

Non ! Surtout pas.

Elle ne pouvait pas se laisser aller. Il fallait se secouer.

— Monsieur Chiavari, protesta-t-elle, au désespoir. Je pense vraiment…

— C'est bien le problème, la coupa-t-il.

Il était beaucoup trop près. Elle avait peur de se noyer dans ses yeux bleus. Comment résister ? La lutte était au-dessus de ses forces.

— *Le problème ?* répéta-t-elle.

Sa voix était à peine audible.

— Vous pensez trop, répondit-il en avançant encore.

À présent, elle sentait son souffle sur son visage. Leurs respirations se mêlèrent. Elle s'affola.

Cesare continuait à la scruter, longuement. Après une éternité, il se pencha, posa une paume sur sa joue et l'embrassa.

Il était en train de l'embrasser.

Ses rêves les plus fous ternissaient devant la réalité.

C'était encore mieux que dans son souvenir. Mieux qu'à Venise !

Le goût de ce baiser la transporta dans une nouvelle dimension, sauvage et dévastatrice...

Leurs bouches étaient faites pour s'unir, se presser l'une contre l'autre. Ils s'étaient cherchés toute leur vie et s'étaient enfin trouvés...

Avec les changements survenus dans son corps, Beatrice avait une conscience encore plus aiguë de ses sensations. Elle appartenait à cet homme, pleinement, même s'il ignorait en ce moment ce qui les liait pour toujours.

Il l'embrassa encore et encore, inlassablement.

Elle défaillait de plaisir...

Mais il était fiancé à une autre. Elle était là quand c'était arrivé. La scène s'était déroulée sous ses yeux.

Comment pouvait-elle se comporter ainsi ?

C'était impossible. Inconcevable.

Horrifiée, elle le repoussa dans un sanglot.

Pourtant, tout son être le réclamait. Elle voulait se donner à lui pour toujours...

Mais Cesare Chiavari était hors de portée. Une simple préceptrice, au bord de la disgrâce, ne pouvait pas avoir des vues sur un homme tel que lui.

Rassemblant ses dernières forces, elle se détourna et se sauva très vite, en regrettant d'avoir perdu de sa vivacité à cause de la grossesse.

8

Trop de pensées contradictoires ou incohérentes se bousculaient dans la tête de Cesare. Toutes plus catastrophiques les unes que les autres.

Au fond de lui, une vague intuition se renforçait, qu'il avait beaucoup de mal à accepter.

Il s'y refusait même violemment.

Car elle allait à l'encontre de ses certitudes les plus absolues.

Ce qui venait de se passer portait un coup fatal à son orgueil. Il souillait son idéal et trahissait la pureté de ses intentions en oubliant le but ultime de sa vie.

Ce n'était pourtant pas difficile de suivre un chemin tout tracé. Sa force de caractère, son éducation le portaient à placer le nom et l'héritage familial au-dessus de toute autre considération.

Il était mis à rude épreuve.

Exposé à la tentation.

Un homme d'honneur ne trahissait pas sa future épouse en embrassant une autre femme le lendemain de ses fiançailles. C'était impensable, indigne de lui.

La morale de son milieu le destinait à épouser Marielle. Il aurait dû le faire depuis longtemps.

Pourquoi tant d'hésitation ? Il se laissait distraire par une préceptrice à l'allure insignifiante !

Pour la première fois de son existence, il s'interrogeait et ne savait plus qui il était.

La petite chouette, comme il l'appelait dans son for intérieur, s'était enfuie. L'écho de ses pas précipités résonnait dans le couloir. Puis, une porte claqua.

Cesare aurait dû s'en tenir là et rassembler ses esprits.

Mais un sang chaud, brûlant, coulait dans ses veines. Emporté par un désir inexplicable, il pensait sans cesse à la mystérieuse inconnue de Venise, comme si elle se confondait avec Beatrice...

Une idée floue se précisait peu à peu, pourtant inacceptable.

Sans réfléchir, il se précipita à la suite de Beatrice.

Elle n'était déjà plus dans le hall.

Il monta l'escalier de service, jusque sous les combles. L'étage réservé aux domestiques était désert. Il leur avait donné congé pour le reste du week-end. Il tendit l'oreille en retenant sa respiration pour guetter la présence de Beatrice.

Il se sentait comme un intrus et éprouvait un certain malaise à épier les bruits dans cette partie de la demeure où il ne mettait jamais les pieds.

Indécis, Cesare tenta de se contrôler. Il n'était plus lui-même et n'arrivait pas à maîtriser une agitation inaccoutumée.

La fièvre incompréhensible qui s'était emparée de lui ne retombait pas.

Pour se raisonner, il se remémora des propos de son défunt père. « Attention, mon fils. Tu t'égares. Ne perds pas tes objectifs de vue. »

Il valait peut-être mieux oublier *sa petite chouette.*

Tout en s'exhortant au calme, Cesare s'approcha d'une fenêtre ronde, au fond du couloir. La vue du paysage le rasséréna un peu, avec ses collines ondoyantes à l'horizon, par-delà les vignes et les oliveraies.

La propriété familiale composait un paisible tableau.

Il avait couru une douzaine de kilomètres, ce matin, après une longue nuit sans sommeil à ressasser son mécontentement. Il regrettait d'avoir donné cette réception qui s'était prolongée tard. Les félicitations de ses amis pesaient sur sa conscience.

« Tu es contente ? » avait-il demandé à Marielle en la raccompagnant jusqu'à sa chambre, comme l'exigeaient les convenances.

« Je serai heureuse lorsque je porterai le nom de Chiavari, avait-elle répondu en souriant. Conformément à nos projets. »

« Je ne savais pas que le bonheur était au programme, avait-il observé étourdiment. »

Ils n'avaient jamais évoqué le sujet. La longévité de leur union reposait sur des conventions plus matérielles.

Avait-il sincèrement cru à ce projet ?

Il lui semblait voir la vraie Marielle pour la première fois. Ambitieuse, sûre d'atteindre ses objectifs.

« Effectivement, le bonheur est accessoire, avait-elle observé froidement. L'important est de construire un avenir solide, à l'épreuve du temps, pour consolider l'héritage de notre descendance. »

Depuis, ses mots tournaient et retournaient inlassablement dans la tête de Cesare.

La remarque de sa sœur au sujet de Marielle le piquait au vif. Elle sonnait comme une accusation.

L'exercice physique n'était pas venu à bout de ses interrogations. Pourquoi doutait-il subitement du bien-fondé de son choix ?

L'inconnue de Venise le hantait de nouveau. Il avait aussi pensé à Beatrice.

Et à Mattea.

Marielle pensait que sa conduite était exemplaire. Elle n'était pourtant pas un modèle de perfection ! Elle lui avait forcé la main en annonçant abruptement leurs fiançailles... Lasse d'attendre, aiguillonnée par l'égoïsme et l'amour-propre, elle se souciait peu de Cesare.

Pendant qu'il courait, Cesare avait continué à réfléchir. Son patrimoine constituait sa préoccupation principale. Il en était fier et souhaitait le léguer à la postérité.

La recherche du bonheur ne figurait pas dans ses objectifs personnels, mais le sort de Mattea lui importait. Elle était tourmentée et méritait mieux.

Beatrice avait bien plaidé sa cause.

Elle l'avait convaincu. En rentrant de son jogging, il était monté voir sa sœur sans même prendre le temps de se changer.

À présent, il regrettait d'avoir autant tardé à lui parler de leur mère...

Tout à ses pensées, il baissa les yeux sur l'ancienne

piscine que l'usage réservait aux domestiques depuis qu'on en avait construit une autre devant la maison, plus spectaculaire. Mattea et lui préféraient le nouveau bassin, beaucoup plus grand, où on nageait plus à son aise.

Soudain, Cesare se figea, paralysé.

Sa petite chouette s'avançait sur le bord, d'un pas déterminé, avec ses grosses lunettes et sa robe informe.

Une vive émotion l'envahit, surgie de très loin.

Beatrice sembla hésiter longuement avant de se jeter à l'eau tout habillée.

Le cœur de Cesare se mit à battre. Follement.

Quel comportement bizarre ! Éprouvait-elle le besoin de se purifier, d'effacer leur baiser ?

Choqué, Cesare cessa de s'interroger et dévala à toute vitesse l'escalier de service. En arrivant en bas, il traversa en trombe les cuisines sans même remarquer s'il y avait quelqu'un ou pas. En proie à une sorte de feu intérieur, il sortit par la vieille porte à l'arrière de la maison et marcha résolument vers la piscine.

Les sourcils froncés, il ne comprit pas tout de suite ce qu'il voyait. Des ombres s'agitaient sous l'eau avant de remonter flotter à la surface.

Beatrice était tout simplement en train de se déshabiller.

Interloqué, il s'immobilisa, littéralement cloué sur place, lorsqu'elle émergea peu après sur les marches, telle une sirène surgie de ses fantasmes les plus délirants.

Beatrice était complètement nue.

Son chignon s'était défait. Ses longs cheveux lâchés retombaient en cascade dans son dos jusqu'au creux de ses reins.

Avertie par un sixième sens, elle se tourna à demi et l'aperçut. Entendait-elle le martèlement sourd, dans sa poitrine ? Ses tempes bourdonnaient confusément. Il avait l'impression d'un vacarme retentissant.

Elle se pétrifia, la tête légèrement inclinée dans sa direction. Son corps voluptueux célébrait une ode à la féminité.

Elle a enlevé ses horribles lunettes, songea tout d'abord Cesare.

Au même instant, il la reconnut. Enfin.

Oui, il la reconnaissait.

— Vous...

Il s'interrompit, submergé par le souvenir d'une nuit magique à Venise, et par un désir fou.

C'était la même femme. Beatrice et la belle étrangère de Venise ne formaient qu'une seule et même personne. C'était elle qui l'avait exalté, bouleversé au point de le métamorphoser complètement. Depuis leur rencontre, il n'était plus le même.

Maintenant qu'il savait, il ne comprenait pas comment il avait pu passer aussi longtemps à côté de la vérité.

Elle vivait ici depuis plus d'un mois, sous son propre toit...

Quelque chose, au fond de lui, l'avait confusément averti. Son corps avait deviné ce que son esprit refusait d'accepter.

Il n'y avait pas d'autre explication à l'obsession tenace qui le poursuivait depuis l'arrivée de Beatrice.

Ses rêves disaient la vérité. Son subconscient avait compris bien avant lui.

Le fantôme de Venise le hantait pour de bonnes raisons. L'inconnue de ses songes le côtoyait au quotidien, en secret...

La fatalité les avait réunis. Finalement, le destin dont

il se croyait maître reposait sur un caprice du hasard. Le sort se jouait de la volonté des Chiavari.

Cesare ne s'étonnait plus de ses hésitations concernant Marielle, de la peur diffuse qui l'empêchait de lui offrir la bague de sa grand-mère.

La femme de ses désirs se trouvait maintenant devant lui.

— *Sei il mio tesoro*, déclara-t-il avec une rudesse spontanée. *Sonno pazzo de ti.*

Oui, elle représentait réellement un trésor à ses yeux. Et il en était à moitié fou.

Mais, tandis qu'il la contemplait avec un ravissement sans bornes, une expression énigmatique assombrit le regard de Beatrice.

Elle inspira profondément, redressa les épaules et se tourna complètement vers lui. Il remarqua alors la rondeur de son ventre.

Elle était enceinte.

De moi, rugit une voix intérieure.

Un grognement indistinct, animal, s'échappa de sa gorge, comme sous le coup d'une révélation fracassante.

Tout s'éclaira en lui.

Il comprenait enfin qui il était.

Le doute l'avait quitté.

Il s'approcha.

— Cesare…, chuchota Beatrice sur un ton d'excuse.

Il n'avait que faire de ses excuses. Il voulait tout autre chose.

Il l'embrassa. Éperdument, pour sceller des retrouvailles inespérées.

Puis, tout en s'écartant, il enleva son T-shirt et l'en

revêtit. Cette tenue ne ressemblait en rien à la somptueuse robe rouge de sa dame de Venise. Beatrice Higginbotham n'avait pas l'habitude de porter des toilettes affriolantes, mais elle lui plaisait ainsi.

Cesare la souleva avec émotion dans ses bras et l'emmena à l'intérieur de la villa, jusque dans sa chambre.

Et dans son lit.

9

Mille fois, Beatrice s'était perdue dans ce rêve chimérique. Couchée avec Cesare qui la contemplait avec exaltation cependant que leurs deux corps s'unissaient et se confondaient.

C'était le même rêve impossible.

Mais il était devenu réalité.

Elle et lui ne formaient plus qu'un.

Le crépuscule jetait des lueurs chaudes dans la pièce, les illuminant d'un halo doré. Vêtue du T-shirt de Cesare, Beatrice se délectait de son odeur. Elle avait tellement refoulé ses désirs ravageurs, inextinguibles, qu'elle avait de la peine à y croire. Non, elle ne se réveillerait pas avec l'horrible sensation d'abandon et de solitude qui l'accompagnait d'ordinaire…

Pour comble de bonheur, les mains de Cesare caressaient son ventre avec une expression concentrée, comme s'il s'efforçait d'apprendre par cœur ses nouvelles courbes. Il promenait inlassablement les paumes sur sa peau tendue par le bébé qu'ils avaient fait.

Souvent, elle s'était remémoré la nuit vénitienne avec

une tristesse résignée, convaincue de ne jamais revivre ces merveilleux instants.

Non seulement elle les vivait à nouveau, mais c'était encore mieux que dans ses souvenirs.

Ils se connaissaient désormais. Ils étaient sortis de l'anonymat et se côtoyaient depuis plusieurs semaines.

Venise disparaissait dans un passé évanescent, remplacé par une poésie ineffable.

Beatrice savourait la passion retrouvée.

Cesare déposa des baisers tout autour de son nombril. Tout en la caressant, il murmurait des paroles d'adoration en italien, pour elle et pour son bébé.

Notre bébé, songea-t-elle avec enchantement. Pour l'instant, elle ne voulait pas penser aux complications qui ne manqueraient pas de surgir bientôt.

Elle se contentait du présent. Ce moment leur appartenait pleinement, en souvenir de la nuit qui avait tout changé. L'avenir attendrait.

L'enfant donnait des coups de pied comme s'il reconnaissait son père, ajoutant encore à son bonheur, aiguisant ses sensations.

Le désir de Beatrice montait, inexorable. Plus Cesare se montrait doux et révérencieux, plus son impatience croissait. Elle brûlait d'envie de le sentir en elle, au creux de son sexe.

Une nostalgie ardente l'étreignait. La chaleur l'inondait et coulait dans ses veines.

Les différentes facettes de leurs relations s'éclairaient et se confondaient. Le frère de Mattea était le père de son enfant, en même temps que l'amant de tous ses fantasmes.

Toutes ces personnes se réunissaient en un seul être, en chair et en os.

Cesare faisait indissolublement partie de sa vie... Mais il ne pourrait jamais lui appartenir.

Pour l'instant, c'était si bon, de rêver... Après tout, pourquoi faudrait-il se réveiller ? Elle voulait continuer à flotter sur son nuage rose, tandis que Cesare les berçait, elle et son enfant, de belles promesses, comme si cette grossesse inattendue le comblait de bonheur.

Tant d'émotions se bousculaient que Beatrice avait du mal à les contenir. Elle s'y efforçait de son mieux, mais en vain.

— Je pensais que tu me rejetterais, dit-elle en se redressant sur ses coudes avec étonnement. Que tu me traiterais d'aventurière ou de créature immorale !

— Tu ne savais pas qui j'étais ! objecta-t-il en la couvant d'un regard possessif. Il y a beaucoup de choses à éclaircir entre nous, Beatrice. Nous ignorions tout l'un de l'autre. Je l'ai bien souvent regretté.

— Cesare..., murmura-t-elle.

Le simple fait de prononcer son nom la remplissait d'une joie indicible.

C'était merveilleux d'être là, avec lui, débarrassée de tout mystère.

Malgré tout, elle ne pourrait pas éviter très longtemps les problèmes qui assombrissaient l'horizon. Depuis l'annonce de ses fiançailles avec Marielle, Cesare n'était plus libre. Son plongeon dans la piscine n'avait pas gommé la réalité, pas plus que la violence de son désir.

La joie d'être enceinte demeurait, bien ancrée, mais

d'autres considérations étaient à prendre en compte, qu'elle le veuille ou non.

— Tu as demandé une autre femme en mariage. Aurais-tu déjà oublié ?

— Premièrement, je n'ai rien fait de tel. Même si j'en avais l'intention depuis plusieurs mois, quelque chose me retenait.

Il plongea son regard dans le sien.

— Toi, Beatrice. Je ne comprenais pas ce qui m'arrivait. Je rêvais constamment de Venise à cause d'une préceptrice mal habillée, à chignon et à grosses lunettes. Il y avait de quoi être déboussolé.

Elle rougit de plaisir pendant qu'il continuait.

— Deuxièmement, tu peux considérer mes fiançailles avec Marielle comme nulles et non avenues à partir de ce moment.

C'était terriblement tentant...

— Je doute malheureusement qu'elle s'en tienne là.

— Marielle veut régner en souveraine sur un héritage sans tache.

— Toi aussi, chuchota Beatrice.

Il secoua la tête en posant le regard sur son ventre.

— Je le croyais jusqu'à maintenant. Nous avons conçu un enfant hors des conventions et de la morale. Ce n'est pourtant pas pour me déplaire. J'en suis très fier, au contraire.

Beatrice se détendit immensément, pour la première fois depuis le début de sa grossesse, et surtout depuis son arrivée en Italie.

Une part d'elle-même s'était toujours refusée à envisager un tel miracle.

— Marielle ne sera pas traumatisée par l'annonce de notre rupture, ajouta Cesare d'un air presque penaud. Elle sera peut-être même soulagée.

Beatrice avait envie de poursuivre la discussion. Pas tant au sujet de Marielle que sur elle-même. Car sa personnalité double s'était révélée à Venise, très éloignée de celle qu'elle croyait être…

Mais Cesare s'allongea à son côté, le visage tout près du sien, si proche qu'elle oublia tout sauf lui.

Après la nuit de leur rencontre, elle s'était résignée à ne jamais le revoir. Puis, quand les faits l'avaient contrainte à vivre sous son toit, elle avait enduré un vrai supplice. Elle n'avait persévéré que pour son enfant.

Peut-être aussi pour Mattea, pour laquelle elle s'était prise d'affection et qu'elle comprenait de mieux en mieux. Elle ne pouvait quand même pas nier prendre un certain plaisir à fréquenter Cesare.

Même s'il ne la reconnaissait pas.

Beatrice n'était qu'un être humain, de chair et de sang, pétrie de faiblesses. La directrice d'*Averell Academy*, qui s'était fabriqué une armure efficace au fil des années, était maintenant rattrapée par sa vraie nature. Quelle joie d'être couchée auprès du seul homme qui l'ait jamais touchée ! Depuis leur rencontre, sans même connaître son identité, elle n'aspirait qu'à le retrouver.

Elle était incapable de lui résister.

Beatrice tendit la main vers son visage, passa le bout du doigt sur l'arc de ses sourcils, l'un après l'autre, tendrement, puis suivit la ligne de son nez, le dessin de ses lèvres sensuelles. Elle frissonna en imaginant le contact de sa bouche sur sa peau, partout sur son corps.

C'était déjà arrivé à Venise. Cela se reproduirait.

Elle entreprit de dissiper les équivoques.

— Tu as déjà évoqué tes projets d'avenir. J'ai du mal à réconcilier cet homme plein de principes rigides avec celui qui est venu aujourd'hui réconforter sa sœur dans sa chambre.

— Je vais t'expliquer.

Il déposa un baiser sur sa joue, à la commissure des lèvres. Puis, sa bouche remonta vers sa tempe et trouva le point sensible, derrière son oreille.

— Hier soir, alors que je me tenais en bas du grand escalier, la femme que j'avais choisie avec soin pour future épouse est descendue à ma rencontre. Curieusement, je n'ai eu d'yeux que pour toi. Marielle ne s'est même pas rendu compte de ma distraction.

Il enroula une longue mèche brune, encore toute mouillée, autour de son index.

— Je me suis excusé auprès des ministres et des grands de ce monde invités, avec lesquels j'aurais normalement discuté pendant des heures, et je t'ai cherchée. Tu t'étais isolée avec Mattea et ses amies pour éviter les risques de débordement.

« Ensuite, j'ai bien été contraint de siéger en bout de table, conformément à mes obligations. Mais les conversations et les mondanités m'ennuyaient prodigieusement. Depuis ton arrivée ici, *chère petite chouette*, tu accapares toutes mes pensées.

Beatrice esquissa un sourire.

— Comment est-ce possible ? Un homme de ton importance ne peut pas s'intéresser à quelqu'un comme moi. Je suis bien trop modeste.

— Je ne t'avais peut-être pas reconnue, mais je t'avais remarquée.

Sa belle voix grave vibrait délicieusement, éveillant des frissons incoercibles.

— Tu avais beau te cacher derrière tes grosses lunettes, tirer tes cheveux en arrière et t'accoutrer de vêtements ridicules, rien n'y faisait. J'étais attiré comme un aimant.

Elle se remémora d'autres propos qu'il avait tenus plusieurs mois auparavant.

« Avant toi, je n'avais jamais connu la passion, avait-il confessé pendant qu'ils faisaient l'amour. Tu fais naître en moi des désirs insoupçonnés, *mi tesoro.* »

Même si elle en rêvait, Beatrice ne s'était jamais autorisée à espérer des retrouvailles dans la vie réelle. Elle devait presque se pincer pour y croire.

Cesare roula sur le côté, ôta ses chaussures et son pantalon, puis la débarrassa de son T-shirt et se coucha sur le dos, afin qu'ils soient côte à côte. Le contact de son corps nu la submergea d'une émotion bouleversante.

— Beatrice, s'il te plaît, embrasse-moi, dit-il de sa voix envoûtante.

Elle s'exécuta avec une sorte de piété, comme pour sceller un vœu sacré. Tout son être s'embrasa devant l'imminence de leur réunion charnelle.

Avec des petits grognements de satisfaction, Cesare se positionna au-dessus d'elle en caressant ses seins lourds.

— Comme tu es belle ! Ces rondeurs te vont si bien. Tu es magnifique.

Cesare l'installa au milieu du lit, avec une expression d'adoration.

Il entama une lente exploration de son corps, accompagnant ses caresses d'éloges et de commentaires délicats, en s'attardant sur son ventre rond. Elle l'écoutait, toute tremblante, les yeux brillants.

Son impatience se mêlait au plaisir de faire durer l'instant.

— Tu es encore plus belle que dans mon souvenir et dans mes rêves, murmura-t-il. J'ai hâte de te voir jouir sous ma bouche.

Joignant le geste à la parole, il posa les lèvres sur son sexe et l'embrassa avec une douceur qui se mua peu à peu en ardeur passionnée.

En proie à une tension presque insoutenable, Beatrice s'arc-bouta à sa rencontre. Plus rien ne comptait, que cette sensation qui montait inéluctablement.

Son merveilleux amant alternait avec un art consommé effleurements et baisers appuyés. Elle avait juste le temps de retrouver sa respiration avant de plonger à nouveau dans les tourments du plaisir.

Il la maintint ainsi longtemps, jusqu'à ce qu'un sanglot implorant lui échappe. Alors seulement il accéda à ses suppliques. Beatrice se relâcha tout d'un coup et bascula dans un éblouissement vertigineux.

Le visage de Cesare remonta au niveau du sien.

— Ma déesse… Laisse-moi célébrer nos retrouvailles. Abandonne-toi à moi.

Comment n'aurait-elle pas obéi à une prière aussi enchanteresse ?

Il la positionna à genoux au-dessus de lui. Puis, il la saisit par les hanches et la guida tout en la pénétrant. Ils regardèrent tous deux avec une fascination émerveillée son sexe s'enfoncer en elle, guidé avec d'infinies précautions.

Il poussa une plainte inarticulée et leva les yeux vers les siens. Une étincelle d'un bleu électrique irradia Beatrice. Son rêve fou se réalisait. Elle fondait de bonheur.

Il lui fallut du temps, mais elle s'habitua petit à petit à sa présence. C'était si bon… Il sut l'attendre et sa prévenance la toucha.

Elle n'arrivait toujours pas à croire à la chance de l'avoir retrouvé.

Elle savait déjà, depuis leur première rencontre, que leurs corps étaient faits l'un pour l'autre. Il n'avait pas cessé de le lui murmurer à l'oreille et l'avait convaincue sans peine. C'était un amant prodigieux, sensible et plein d'égards, attentif au moindre frisson, au moindre frémissement.

Il avait fait montre d'une patience inépuisable, pour sa première fois, sans jamais rien forcer, lui donnant tout le temps qu'il lui fallait pour s'accoutumer à la découverte de sa sensualité.

La bonne étoile qui avait présidé à leur rencontre continuait de veiller sur eux.

Cesare se remémorait sans doute lui aussi cette nuit magique, cette initiation qui avait miraculeusement parachevé la soirée. Il se contenait. Un muscle, sur sa mâchoire, tressauta légèrement, trahissant sa fièvre.

Ses mains desserrèrent leur emprise. Enhardie, Beatrice

se balança d'avant en arrière, expérimentant des sensations dont elle n'avait pas l'habitude.

Elle rayonnait.

Chaque mouvement avivait son désir et la rapprochait du point culminant.

— Tu es de plus en plus belle, *mi tesoro*, s'écria Cesare d'une voix rauque.

Une même frénésie les emportait, de plus en plus tumultueuse.

Elle planta le regard dans le sien.

— Je m'étonnais chaque jour davantage que tu ne me reconnaisses pas, murmura-t-elle d'un ton de reproche.

Elle se tut avec un soupir quand les mains de Cesare se posèrent sur ses seins gonflés, à la sensibilité exacerbée.

— Tu me pardonneras, l'assura-t-il.

— Tu crois ?

Il entreprit de la persuader et bougea en elle tout en imprimant à ses hanches des mouvements de va-et-vient. Un feu ardent coula aussitôt dans ses veines, reléguant tout à l'arrière-plan.

Elle avait tant essayé d'oublier, de se convaincre que sa mémoire lui jouait des tours en enjolivant ses souvenirs... Il était si facile de s'illusionner ! D'autant qu'elle s'était comportée comme une inconnue à Venise. Elle s'était jetée à corps perdu dans une aventure sans lendemain, au mépris de toute prudence, en négligeant les mesures de protection élémentaires.

Mais le présent lui donnait raison. La révélation fugace de sa sensualité naissante reprenait consistance.

Sa tête bascula en arrière.

Ses orteils se recroquevillèrent.

Posant les paumes à plat sur le torse de Cesare, elle s'appuya sur lui, se souleva langoureusement et retomba en glissant sur son sexe, dans une volupté indescriptible.

C'était trop bon.

Un tremblement incontrôlable agita Beatrice. C'était tellement fantastique, de revivre cela, alors qu'elle s'était résignée à reléguer ses rêves aux oubliettes...

Elle n'eut pas le temps de s'appesantir. Un vertige la prit. Elle s'effondra dans un abîme de plaisir.

Le rire de Cesare la rappela à la réalité. Non, elle ne rêvait pas. Il était bien là, non seulement le mirage n'allait pas s'évanouir, mais ses sensations regagnaient en intensité.

Elle n'était pas sûre de survivre à ce déferlement.

Peu importait. En ce moment, tout lui était égal.

Cesare fut sans pitié. À peine avait-elle repris conscience qu'il l'emmena de nouveau vers des sommets inexplorés, sans lui laisser le temps de reprendre son souffle.

Chaque fois qu'elle sombrait, il ranimait ses ardeurs. Totalement abandonnée à lui, elle avait abdiqué toute initiative. Seul Cesare gardait une parfaite maîtrise de ses réactions.

Beatrice ne compta plus le nombre de fois où elle se perdit dans la jouissance. Plus rien n'avait d'existence en dehors de cette communion charnelle qui les soudait sauvagement, dans un combat ardent, sans cesse renouvelé.

Lorsqu'il fut enfin à bout de forces, son rythme se précipita. Elle s'agrippa à ses épaules et enfonça les ongles dans sa chair au moment où il poussait un rugissement qui résonna en elle jusqu'au plus profond de son être.

Elle s'écroula.

Il faisait nuit quand elle rouvrit les yeux.

Elle était tournée sur le côté et Cesare, couché sur le dos, avait posé une main sur son ventre. Sur leur bébé…

La réalité avait quelque chose de rassurant. D'habitude, quand elle rêvait, Beatrice n'était pas enceinte. Elle se réveillait en sursaut et reprenait lentement conscience de son état.

Elle n'aurait jamais pensé que Cesare accepterait aussi facilement sa grossesse. D'ailleurs, elle n'avait même pas imaginé lui annoncer la nouvelle.

— Tu ne veux pas faire un test de paternité ? s'enquit-elle à brûle-pourpoint. La plupart des hommes en exigeraient un, à ta place.

Quand il se mit à rire, elle retrouva instantanément celui qu'elle avait connu à Venise, au lieu du Cesare Chiavari froid et distant qu'elle avait découvert en Toscane. Il avait cette voix grave et insouciante qui l'avait tant séduite.

— Mes avocats en demanderont certainement un, répliqua-t-il nonchalamment.

— Mais pas toi ?

— Non.

Beatrice se perdit dans ses songes. Une vague irritation, inexplicable, l'envahit.

Elle lui jeta un regard par-dessus son épaule.

— Tu as sans doute eu un tas de maîtresses, depuis Venise, hasarda-t-elle.

Elle n'avait pas la moindre envie d'aborder ce sujet, mais il valait mieux être réaliste. La prudence commandait de se préparer à d'éventuelles déceptions. Elle avait déjà subi tant de déconvenues... En découvrant qu'elle était enceinte, puis en affrontant l'indifférence de Cesare qui ne l'avait pas reconnue. Ne devait-elle pas rester sur la réserve ?

— Eh bien ? C'est le cas ? insista-t-elle.

— Non.

Cesare alluma une lampe de chevet et l'obligea à se tourner vers lui. Puis il s'appuya sur un coude pour la regarder, tout en jouant avec une mèche aux reflets auburn.

— J'avais décidé de m'assagir en vue de mon mariage... En réalité, tu avais produit une forte impression sur moi. Aucune femme ne me faisait plus envie.

C'était la réponse qu'elle souhaitait entendre. Malgré tout, elle n'était pas la seule concernée et avait un enfant à protéger.

— Quelle coïncidence, de tomber sur moi comme préceptrice ! C'était inespéré.

Il ne releva pas le ton ironique.

— Mon secrétaire a contacté Marielle pour lui commander la plus grande discrétion car je ne donnerai pas suite. Il n'y aura pas d'annonce officielle. Apparemment, elle a accueilli la nouvelle avec un soupir fataliste.

Beatrice se mit à caresser distraitement son torse musclé, qui avait tant hanté son sommeil ces derniers mois.

— Elle trouvera quelqu'un à son image, suggéra-t-elle.

Elle se tut quand Cesare ne répondit pas. Fallait-il s'inquiéter de la différence de statut social ?

Il savait qui elle était, n'ignorait rien de ses origines et acceptait le bébé. De quoi avait-elle peur ?

C'est très soudain. Presque trop facile. Tu n'as pas l'habitude que tout s'arrange comme par enchantement. Cela ne t'est encore jamais arrivé.

Couchée dans le lit de Cesare, pelotonnée douillettement contre lui, elle avait du mal à se rendre à l'évidence. Cet homme correspondait exactement à son idéal.

Cette nuit à Venise l'avait profondément changée. À tout jamais.

Jusque-là, elle refusait de l'admettre parce qu'il était plus qu'improbable qu'elle le revoie. Impossible de se dire, *Je suis tombée amoureuse d'un inconnu et je ne me remettrai jamais de cette rencontre sans lendemain.*

— J'accompagnais un voyage scolaire, à Venise, commença-t-elle timidement. Ces grandes élèves de terminale avaient besoin de relâcher la pression après une année studieuse. Pour s'amuser, elles ont décidé de relooker complètement leur directrice. Une fois coiffée, maquillée et habillée, elles m'ont mise au défi de sortir. J'étais loin d'imaginer ce qui allait se passer.

Cesare enfouit les doigts dans la soie de sa chevelure.

— J'étais à Venise pour affaires, répondit-il au bout de quelques minutes. À l'aube de la nouvelle année, j'avais décidé de songer à l'avenir et de me marier. Je ne doutais pas d'avoir trouvé la femme idéale. Tout allait pour le mieux. C'est alors que je t'ai rencontrée. Tous mes projets ont volé en éclats.

Elle scruta son expression. Une lueur intense, la même qu'à Venise, brillait dans ses yeux.

— Au début, j'étais contente de ne pas connaître ton nom, confessa-t-elle. Cela me donnait une sensation d'irréalité. J'avais l'impression d'avoir rêvé et je gardais jalousement ce secret au fond de moi. Mais j'ai eu un premier retard de règles, puis un deuxième. Un test de grossesse m'a confirmé ce que je savais déjà.

— Je t'ai cherchée, avoua-t-il sur le même ton de confidence. Tu étais partie quand je me suis réveillé. C'était inacceptable. J'ai demandé à la réception, interrogé tout le voisinage. Personne n'avait aperçu la ravissante sirène toute de rouge vêtue qui m'avait ensorcelée. Il ne m'est pas venu à l'esprit que tu étais déguisée en femme fatale.

— Je n'ai pas cherché à savoir qui tu étais avant de venir ici, déclara Beatrice précipitamment. Comment me serais-je doutée que Mattea Descoteaux pouvait avoir un lien avec mon beau Vénitien ? Si j'avais vu des photos, je ne me serais jamais présentée chez toi, surtout enceinte. Parfois, je pensais que j'entreprendrais des recherches à Venise après la naissance.

— Mais tu es là, Dieu merci.

Cesare l'embrassa avec ferveur et elle s'embrasa, oubliant tout le reste.

Cette fois-ci, il la fit s'agenouiller et se plaça derrière elle, en enroulant ses cheveux autour de son poignet pour qu'elle tourne son visage vers lui et s'offre à ses baisers.

Elle eut l'impression de perdre conscience dans la fulgurance du plaisir. Ils s'accordaient à la perfection, comme s'ils se connaissaient depuis l'éternité. C'était stupéfiant. Pour elle comme pour lui. Cela dépassait toutes leurs aspirations.

C'est tellement merveilleux que j'ai l'impression d'être au paradis, songea Beatrice à la vue de Cesare dont la silhouette se découpait majestueusement dans la lumière.

Contre tout espoir, un destin généreux les avait réunis.

Elle en avait les larmes aux yeux.

Quand ils retombèrent, épuisés, entre les draps, Cesare sauta au bas du lit et la prit dans ses bras pour l'emmener dans la salle de bains. Il la savonna tendrement et la rinça longtemps sous la douche chaude.

Elle pleura d'émotion sous ses caresses, avec des sanglots de gratitude.

Cesare remit son pantalon de jogging avec un T-shirt et enveloppa Beatrice dans un peignoir moelleux. Ses gestes tendres faillirent avoir raison de la réserve de la jeune femme. Elle retint à grand-peine un aveu encombrant, qui lui brûlait les lèvres.

Elle se maîtrisa.

Cesare n'avait rien livré de ses sentiments.

Beatrice tenait à élever son bébé dans l'amour et la tendresse. C'était le seul cadeau qu'elle avait hérité de ses parents, son bien le plus précieux. Il l'accompagnait fidèlement et la soutenait dans chacune de ses entreprises.

Elle n'avait jamais connu personne avant Cesare. Il n'y aurait personne non plus après lui.

Mais elle ne concevait pas de vivre auprès d'un homme qui ne l'aimerait pas.

C'était une évidence qu'elle avait acceptée depuis longtemps, sans même imaginer le revoir. Il serait le seul homme de sa vie. Cette conviction ne la quitterait pas.

Beatrice avait beaucoup de courage. Il lui en avait fallu pour affronter les nombreuses épreuves de son existence. Néanmoins, elle ne parvint pas à formuler le doute qui lui pesait. Les mots se coincèrent dans sa gorge...

Cesare la raccompagna dans sa chambre, avec un étrange mélange de solennité et de respect. Devant sa porte, il prit son visage entre ses mains.

Cela suffit à mon bonheur, se dit-elle. *Je peux m'en contenter.*

Quand il se pencha pour capturer sa bouche, elle s'en persuada. Des étoiles dansaient sous ses paupières et une douce chaleur l'envahissait.

Elle y croyait. Sincèrement.

À ce moment-là, un bruit étranglé se fit entendre au bout du couloir. Cesare se redressa.

Ils découvrirent Mattea, pâle, sous le choc, profondément ébranlée, comme si on l'avait trahie.

Elle lança un regard blessé à Beatrice.

— C'était pour lui, n'est-ce pas ? Moi, je ne comptais pas. Évidemment.

— Je suis venue pour m'occuper de vous, Mattea. Uniquement, déclara Beatrice.

— Mattea… commença Cesare.

Sa sœur l'interrompit brutalement.

— Tu te moques bien de moi. Tu es comme les autres. Pire, en fait, parce que tu fais semblant. Hypocrite !

Elle les foudroya férocement.

— Je vous déteste ! Tous les deux !

À ces mots, elle tourna les talons et dévala les marches quatre à quatre jusqu'au rez-de-chaussée.

10

Parmi les nombreux reproches qu'il se fit par la suite, Cesare incrimina surtout la stupéfaction qui le paralysa. Il était sans réaction, comme s'il était complètement démuni. Il ne savait pas quelle attitude adopter pour répondre à l'angoisse de Mattea.

— Rattrape-la, dit précipitamment Beatrice, toute tremblante.

Revenant enfin à lui, il se précipita dans l'escalier en essayant d'anticiper.

Il commit une deuxième erreur en se rendant directement dans la chambre de sa sœur. Normalement, c'était là qu'elle se réfugiait et se barricadait quand la rage la submergeait. Elle n'y était pas.

Quand il arriva dehors, c'était trop tard. Mattea, qui avait la mauvaise habitude, malgré son jeune âge, d'emprunter les voitures des autres, disparaissait dans un nuage de poussière au volant de la fourgonnette du jardinier.

Elle se dirigeait vers le vignoble. La petite route tortueuse traversait ensuite des villages moyenâgeux et menait jusqu'à Florence.

Il alla chercher les clés de son SUV et partit à sa poursuite.

Dès qu'il atteignit le sommet de la première colline, elle s'aperçut qu'il la suivait et accéléra, mais sans parvenir à le distancer. À partir de ce moment-là, elle conduisit de plus en plus imprudemment.

Cesare se demandait s'il ne vaudrait pas mieux s'arrêter pour l'empêcher de prendre des risques.

L'accident se produisit au même instant, sous ses yeux horrifiés.

Mattea prit un virage beaucoup trop vite. Le véhicule heurta un muret sur le bas-côté et se renversa sous le choc. Sa sœur fut éjectée et atterrit sur la chaussée, la tête la première.

Il accourut le plus rapidement possible. Elle était inconsciente.

Tout se déroula ensuite dans une sorte de brouillard cotonneux. Parant au plus pressé, il la porta dans ses bras jusqu'à sa voiture, malgré le danger d'aggraver son état, ce qu'il savait parfaitement.

En retournant chez lui, il téléphona pour appeler les secours.

Il était comme fou.

À son arrivée, il monta Mattea dans sa chambre et l'étendit précautionneusement sur son lit en attendant le médecin, qu'il envoya chercher en hélicoptère.

— Recule et laisse-moi l'examiner, lui dit Beatrice avec un calme admirable.

Le sang tambourinait si fort contre ses tempes qu'il l'entendit à peine.

Heureusement, il lui faisait confiance. Sa longue expérience parlait en sa faveur.

— Son pouls est faible, mais elle respire. Rien de cassé, je pense. Pas de blessures non plus.

Tétanisé, il était incapable de prononcer un son.

Cesare se souviendrait toute sa vie de ce malheureux événement. Tout était arrivé à cause de lui. Il ne se le pardonnerait jamais. Comment avait-il pu être aussi insouciant et irréfléchi ? Lui qui se targuait de toujours tout prévoir avec une précision maniaque...

Cette fois-ci, il s'était montré au-dessous de tout.

Pour quelqu'un qui se voulait parfait, il avait honte d'écraser tant de gens – y compris sa sœur – de sa superbe. Quelle fausseté ! Il se racontait des histoires et ne valait pas mieux que les autres.

Finalement, il n'avait aucun sang-froid et faisait n'importe quoi. Sa conduite à Venise en témoignait. Il avait eu un rapport sexuel non protégé avec une rencontre de hasard. Maintenant, il allait avoir un enfant avec cette femme certes fascinante mais très au-dessous de sa condition, et avait rompu ses fiançailles. Son père aurait totalement désapprouvé son attitude. Car au fond, la fureur sourde de Vittorio envers la mère de Cesare obéissait au même schéma. Une actrice appartenait à un milieu social inférieur. Il lui avait tenu grief involontairement de cette différence de classe.

Mais peu importait. Cesare avait failli à la seule responsabilité qui lui incombait, celle de veiller sur sa sœur.

Il avait cru bien faire en endossant le rôle de tuteur à la place d'un père absent, mais avait échoué lamentablement. Elle avait souffert par sa faute.

Il n'osait imaginer le mal qu'il serait capable d'infliger à Beatrice et à son propre enfant…

Après un examen approfondi, le médecin, qui venait d'arriver, prononça son diagnostic. Mattea n'avait pas de contusions sévères. Il fallait néanmoins attendre son réveil pour être pleinement rassuré.

— Merci, dit Cesare avec un soupir de soulagement. Maintenant, je voudrais être seul avec elle.

Comme Beatrice ne partait pas, il insista.

— Laisse-moi.

— Non.

Il la foudroya du regard. Au moins, il pouvait s'en prendre à quelqu'un. Cela lui faisait du bien.

Mais il n'arrivait pas à en vouloir à Beatrice…

— Elle a été très claire, Cesare, murmura-t-elle. Elle s'est sentie trahie par nous deux, pas seulement par toi. Je ne quitterai pas la pièce avant qu'elle se réveille. Moi aussi, j'ai besoin d'être rassurée.

Cesare se mit à faire les cent pas nerveusement.

— Tout est de ma faute. Je n'ai pas assumé mes obligations. Je l'ai trop négligée.

Il ne se pardonnait pas son manque de vigilance.

Les premiers signes de relâchement avaient commencé à la *vineria*, à Venise. Une belle inconnue l'avait tentée. Il l'avait invitée à danser. À partir de là, tout avait déraillé.

— Quand elle reprendra conscience…

Il parlait d'une voix incertaine, qui ne lui ressemblait pas.

— Je ferai davantage attention. Elle ne manquera de rien, je m'en assurerai soigneusement…

— J'ai une idée, coupa Beatrice en cherchant son regard.

Tu devrais la serrer dans tes bras et lui dire *Je t'aime*, tout simplement. C'est la meilleure manière de tout arranger et de repartir sur de bonnes bases.

Cela semblait peut-être simple pour Beatrice, mais pas pour Cesare. Sa remarque provoqua en lui un véritable séisme.

— Tu outrepasses tes prérogatives, Beatrice, articula-t-il, outré. Notre relation – passionnée, je ne le nie pas – ne t'autorise pas à me parler ainsi. Tu ne connais rien du monde où nous vivons, Mattea et moi. Je n'ai pas besoin de tes conseils puérils…

— *Puérils* ? interrompit-elle à nouveau.

Comment osait-elle hausser le ton ? songea-t-il, décontenancé. *Personne* ne s'adressait ainsi à lui.

— Le qualificatif s'appliquerait plutôt à ta conduite ! poursuivit Beatrice. Tu te fiances en pensant à une autre, que tu ne reconnais même pas à cause d'une paire de lunettes et d'une coiffure différente… Comment un homme intelligent et puissant comme toi peut-il être aussi aveugle ?

Quelque chose, au fond de Cesare, se brisa. Heureusement, il se connaissait suffisamment pour garder son sang-froid et avait appris à réprimer sa colère. Les crises de rage paternelles l'avaient aguerri. Il n'explosait jamais.

— J'ai été élevé par deux êtres qui exhibaient continuellement leur amour en public, dit-il. Pourtant, à la maison, ils étaient hautement toxiques.

— Personne n'est parfait, Cesare. Les gens sont maladroits et font des erreurs. Parfois, ils se font du mal et ne sont pas capables de réparer ou de pardonner. On peut juste espérer aimer le mieux possible ceux qui nous sont chers. C'est la seule chose qui compte.

— Beatrice... Je peux accéder à tous tes désirs. Si tu le souhaites, nous aurons d'autres enfants, autant que tu veux. Si tu as envie d'une famille, je t'en donnerai une. Mais ne me parle jamais d'amour.

Une expression abattue, anéantie, se peignit sur le visage de Beatrice.

Sa fragilité toucha Cesare.

Pourtant, en dépit de toute sa fortune et de sa bonne volonté, il se sentait complètement impuissant.

Elle tremblait comme une feuille. À cause de lui. Il l'avait blessée et ne pouvait pas la consoler.

Cesare n'avait jamais ressenti aussi intensément le désir de l'enlacer. De la rassurer.

Mais une force contraire l'en empêchait tragiquement.

Il inspira profondément, plusieurs fois, tandis qu'elle attendait, de plus en plus sombre et tourmentée.

Il ne pouvait pas bouger.

Cesare repensa à sa mère, capable d'illuminer un écran de cinéma par la grâce de son sourire, mais qui s'était fanée au fil des ans. Les hommes de sa vie avaient trahi sa confiance et son besoin d'amour. Les déceptions et les désillusions s'étaient accumulées, jusqu'à la broyer.

Il ouvrit la bouche pour parler, mais aucun son n'en sortit.

De guerre lasse, Beatrice lui lança un regard compatissant.

— Je ne peux rien faire pour améliorer ta relation avec ta sœur, dit-elle avec douceur. Elle n'a besoin que de ton attention. Consacre-lui un peu de temps, comme cet après-midi. C'est tout ce à quoi elle aspire. Comme tout un chacun, elle a juste besoin d'amour. Et d'espoir. Moi aussi.

— Je peux tout te promettre, mais pas cela.

— Dis plutôt que tu ne veux pas, corrigea-t-elle.

Elle se redressa fièrement.

« Je protégerai mon bébé. Il ne grandira pas sans amour.

Il eut l'impression de recevoir un coup à l'estomac.

— Je subviendrai à vos besoins. Vous ne manquerez de rien. Comment peux-tu en douter ?

Une lueur farouche brilla dans les yeux de Beatrice.

— Je n'ai jamais manqué d'argent, contrairement à beaucoup d'orphelins. Ce n'est pas la question. Il s'agit d'autre chose. De sécurité affective et d'amour.

« Si tu es incapable d'offrir cela à cet enfant, ce n'est pas la peine de t'occuper de nous. Je veux fonder une vraie famille. Ce bébé a droit à la tendresse et à la présence bienveillante de ses parents. Ce n'est pas trop demander.

Cesare demeura muet. Sa sœur gisait là inconsciente, à cause de lui, précisément le jour où il avait tenté de retisser leur lien. Et à présent, Beatrice le mettait au pied du mur en exigeant l'impossible.

Quel effroyable gâchis ! Il ne voyait aucune issue.

En face de lui, Beatrice baissa la tête. Elle s'était habillée, mais sans avoir chaussé ses lunettes, et avait noué ses cheveux en un chignon flou, beaucoup plus seyant, avec quelques mèches qui dépassaient.

Quand elle se dirigea vers la porte, il ferma les paupières.

— Non ! rétorqua-t-il faiblement.

Elle s'arrêta.

Tout espoir n'était pas perdu. Il se gratta la gorge.

Cesare Chiavari n'avait jamais supplié personne. Il crut qu'il n'arriverait pas à formuler tout haut les mots qui se bousculaient dans son esprit.

— *Je t'en prie,* commença-t-il dans un souffle, au prix d'un effort surhumain.

11

Beatrice avait déjà eu du chagrin. La tristesse ne lui était pas étrangère.

Mais pas ainsi.

Ses parents ne l'avaient pas abandonnée délibérément. Ils avaient perdu la vie dans un accident tragique, indépendamment de leur volonté.

Cesare, lui, agissait de son plein gré, en toute connaissance de cause.

Il lui déchirait le cœur.

Naturellement, il en souffrait lui aussi. Mais il croyait sincèrement que l'amour était un poison.

Il ne s'efforcerait même pas de l'aimer.

Elle n'avait pas du tout envie de partir, surtout après l'avoir retrouvé, mais que pouvait-elle faire d'autre ?

— Essaie de comprendre, Cesare. J'étais toute petite quand mes parents sont morts. Je n'ai pas eu une enfance facile, mais je n'ai jamais douté de leur amour. Pour moi, cela faisait toute la différence avec ceux qui étaient comme moi en famille d'accueil. C'était… comme une bougie qui m'éclairait dans la nuit. C'est très important, l'espoir.

— Ce n'est pas parce que je ne crois pas à l'amour que…

Il s'interrompit en cherchant ses mots.

— Beatrice, notre rencontre m'a bouleversé, à Venise, tu le sais.

Un tel désir brillait dans ses yeux qu'elle retint son souffle. Il serait tellement facile de céder… Sa présence ne suffisait-elle pas à la rendre heureuse ? Mais la situation avait changé depuis que la vérité avait éclaté au grand jour. Il n'était plus question de faire semblant. Ce serait trop douloureux de jouer la comédie.

— Je t'ai cherchée partout, inlassablement, sans te trouver. Tu n'étais nulle part, reprit Cesare en se remémorant le début de leur histoire.

Ses traits reflétaient un profond désespoir, comme s'il était terrassé par sa propre faiblesse.

Beatrice comprenait son désarroi. Sa sœur de quinze ans avait failli mourir sous ses yeux, et il s'incriminait.

— J'ai voulu t'oublier, mais je n'y suis pas parvenu, continua-t-il. Je rêvais de toi toutes les nuits. Ton souvenir m'obsédait. En même temps, la tradition me forçait à choisir une épouse pour transmettre le nom et l'héritage des Chiavari. Je me sentais coincé par mon devoir. Dans mon esprit, rien ne comptait davantage.

— Les êtres humains ont plus d'importance que les responsabilités ancestrales. Toi, Mattea, le bébé… Il faut s'occuper des personnes vivantes, Cesare. Ce sont les seules obligations.

— J'ai suivi le chemin tracé par mon père, Beatrice. Il avait tout planifié avant de mourir. J'ai agi conformément à sa volonté.

— Pourquoi ? lança-t-elle abruptement. Était-il un bon

modèle ? Il aurait mieux fait de régler ses propres problèmes avant de dispenser des conseils à autrui.

Un instant, elle crut qu'elle était allée trop loin. Cesare parut terriblement offusqué par sa remarque, comme si elle portait atteinte à sa dignité.

Il poursuivit néanmoins.

— J'ai fini par me résigner. Puisque je n'avais pas retrouvé la femme qui m'inspirait de la passion, celle qui avait complètement bousculé mon univers, je me contenterais de n'importe qui ou à peu près. Je ne me suis pas beaucoup investi dans mon projet de mariage, je tiens à te le dire.

Beatrice, qui avait du mal à respirer, guetta la suite anxieusement.

— Tu es arrivée sur ces entrefaites.

Il secoua la tête avec une expression incrédule.

— C'était absurde. Une petite chouette accoutrée de façon ridicule se permettait tout à coup de donner des ordres et de tout régenter.

— Une chouette, vraiment ?

— À cause de ces horribles lunettes, maugréa-t-il. Je les déteste. Tu les jetteras à la poubelle, n'est-ce pas ? Moi qui avais l'habitude de côtoyer de belles et riches héritières, j'ai été brusquement déstabilisé par cette petite chouette toute ronde, pleine de défauts, qui se permettait de porter des jugements sur moi.

« Mon obsession pour la préceptrice de ma sœur qui aurait dû passer totalement inaperçue était profondément dérangeante.

— Ta délicatesse me touche beaucoup, Cesare, railla Beatrice. Sincèrement.

— Ton ironie ne me choque plus... À part ma sœur, personne ne se permet de me parler sur ce ton. J'ose croire que cela lui passera avec l'âge, contrairement à toi.

— Ou pas. Elle a du caractère et ne se laisse pas impressionner facilement.

Il se rengorgea dans son amour-propre, d'une voix curieusement hésitante.

— Le nom de Cesare Chiavari fait trembler les puissants et les femmes rêvent de me conquérir. Toi, tu me tiens tête avec insolence. Tu t'habilles d'une façon déplorable et la plupart du temps, tu m'ignores. Je ne comprends pas pourquoi tu occupes tant de place dans mon esprit.

« Je pensais que la disparition de mon inconnue de Venise était la pire des choses. La vie m'était devenue tolérable parce que rien n'égalerait jamais le souvenir de cette nuit-là...

Il secoua la tête.

« Une fois de plus, tu m'as obligé à réviser mon jugement.

— C'est tellement mieux maintenant, chuchota-t-elle. Fantastique ...

Ils ne bougeaient ni l'un ni l'autre, comme si une force invisible les clouait sur place. Cesare ne voulait pas s'éloigner du chevet de sa sœur et Beatrice n'arrivait pas à partir.

— Je ne supporterais pas de te perdre à nouveau, avoua Cesare gauchement. Je te veux tout entière, avec notre enfant. Je voudrais t'épouser mais je ne sais pas comment concilier ce désir avec l'homme que j'étais avant de te rencontrer. En tout cas, je ne vois plus l'intérêt de me conformer à mon devoir si cela signifie la perte de la femme de mes rêves...

— *Oh ! mon Dieu !*

Le grognement de Mattea les fit sursauter. Beatrice sentit les larmes lui monter aux yeux. Cette voix boudeuse, excédée, la comblait de joie.

— Arrête de tourner autour du pot, Cesare ! lança sa sœur d'une voix plaintive. Tu es amoureux, voilà tout. C'est complètement indécent de parler ainsi devant moi qui suis en train de mourir.

— Non, vous n'êtes pas à l'agonie, murmura Beatrice en s'approchant. Heureusement, parce que je serais inconsolable. Sachez bien que je suis venue ici uniquement pour m'occuper de vous. Ce qui s'est passé entre votre frère et moi ne doit pas vous tourmenter.

« Vous aurez sans doute une terrible migraine pendant quelques jours...

— Ce n'est pas juste, gémit Mattea.

Cesare rejoignit Beatrice et essuya les joues humides de la jeune femme avec son pouce.

— Mattea a raison. Je pense que je suis amoureux de toi, ma petite chouette.

Puis, il jeta un regard ému à sa sœur.

— Et toi, je t'adore, depuis le premier jour où je t'ai vue dans ton couffin, toute rouge et fripée.

Mattea lui fit la grimace.

— Ne pense plus. Contente-toi de l'aimer. Et moi aussi, marmonna-t-elle.

Ce à quoi Cesare s'employa dorénavant, quoique parfois maladroitement, mais toujours avec de bonnes intentions.

12

Après la convalescence de Mattea, ils prirent l'habitude de se promener tous les trois le matin. Beatrice encourageait le frère et la sœur à discuter de leur histoire personnelle et de leurs sentiments. Cela ne leur était jamais arrivé.

— Je déteste cela, se plaignit Mattea.

— Moi aussi, acquiesça Cesare.

— Il faudra faire des progrès, alors, commenta Beatrice, retrouvant son air sévère de préceptrice.

Ils trouvèrent un camp d'été prestigieux aux USA, centré sur les activités de théâtre. Mattea se fit beaucoup prier pour y participer. Mais à la fin de la première semaine, elle insista pour y rester jusqu'à la fin de l'été.

Il y eut beaucoup de rumeurs dans la presse people à propos de certaines fiançailles, jusqu'à ce que Marielle y mette un terme en épousant une tête couronnée. Contre l'avis de Cesare, Beatrice fit amende honorable et expliqua sa situation aux domestiques, qui pensaient qu'elle avait intrigué pour entrer dans les bonnes grâces du maître de maison.

Pour la première fois de sa vie, Cesare se sentait pleinement *vivant*. Il passait ses nuits avec Beatrice, lui faisait l'amour passionnément, et se réveillait le matin avec bonheur.

Ils se rendirent ensemble aux consultations médicales, subirent un test génétique à la demande des avocats et découvrirent qu'ils allaient avoir un garçon.

— Je ne veux pas élever mon fils comme je l'ai été, confessa Cesare un beau jour.

— Nous trouverons une autre manière, le rassura Beatrice.

Un soir, Cesare lui lut les recommandations de son père et ils tombèrent d'accord tous les deux. Il n'était pas nécessaire de respecter tous ses conseils à la lettre. Cesare replia soigneusement la feuille de papier et la rangea dans une enveloppe qu'il glissa derrière le portrait paternel accroché au mur.

Il s'y reporterait éventuellement, si besoin.

Mattea revint de son camp de vacances heureuse et épanouie. Au moment de la rentrée des classes à *Averell*, elle confia ses craintes à Beatrice. Après la réputation qu'elle s'était taillée l'année précédente, elle aurait beaucoup de mal à ne pas jouer les trouble-fêtes.

— Ce sera l'occasion d'exercer tes talents de comédienne ! répondit Beatrice. Tu vas exceller dans le rôle d'élève modèle.

Cesare était rassuré sur l'avenir de sa sœur. Elle retomberait sur ses pieds et réussirait peut-être à s'épanouir au théâtre.

En septembre, après le départ de Mattea en Angleterre, Cesare emmena Beatrice à Venise.

Ils élurent domicile dans l'hôtel de charme où ils

avaient passé leur première nuit, que Cesare avait racheté depuis pour pouvoir y séjourner en toute discrétion. Ils se promenèrent en amoureux le long des canaux, flânèrent sur les *piazzas* et retournèrent en pèlerinage sur le lieu de leur rencontre.

Par une belle nuit de clair de lune, sur le petit pont cher à leur cœur, Cesare mit un genou à terre devant Beatrice et glissa à son doigt la bague de sa grand-mère.

— S'il te plaît, ma petite chouette, *mi tesoro* que j'aime de mon mieux, veux-tu m'épouser ?

Ils se marièrent dans la plus stricte intimité, loin du faste qu'il avait imaginé pour cette occasion. La cérémonie se déroula dans l'ancienne chapelle du manoir, en présence de Mattea bien sûr, mais aussi de Mme Morse et d'Amelia, enchantées de l'honneur qu'on leur faisait.

Ils revinrent à pied à travers les vignes, en toute simplicité, et passèrent une délicieuse soirée en dînant aux chandelles sur la terrasse.

Cesare apprenait à aimer avec beaucoup d'application. Ses inhibitions tombèrent peu à peu. Jamais à court d'imagination pour donner à Beatrice des preuves de son amour, il la surprenait toujours davantage.

Ils fondèrent la famille dont elle rêvait depuis toujours.

Mattea fut la première à en faire partie. Leur fils naquit en automne. Il était magnifique.

— Quelle merveille ! s'écria Cesare en le tenant avec émotion dans ses bras.

« Je n'imaginais pas qu'on puisse aimer à ce point, ajouta-t-il en jetant à sa femme un regard éperdu.

Au fil des années, ils eurent sept autres enfants, tous plus adorables les uns que les autres.

Bien longtemps après, en assistant sur la terrasse à un spectacle mené par Mattea mettant en scène leur nombreuse progéniture, ils se remémorèrent ce lointain été qui avait scellé leur destin. Les couleurs de la Toscane resplendissaient sous les feux du couchant. La sérénité et le bonheur se lisaient sur leurs visages. Ils étaient tout l'un pour l'autre. Un lien invisible les unissait, solide et indestructible.

Leur passion était leur héritage, avec le foyer qu'ils avaient créé dans la confiance mutuelle et dans la joie.

Sans oublier cet amour éclatant qui croissait jour après jour, infini comme le ciel, et qui les éclairerait toujours.